O FIM DA BRUXARIA PARA OS ALQUIMISTAS VAMPIROS

Imagens nos contos:

Imagem na capa: Detalhe de "The Werewolf or the Cannibal", de Lucas Cranach the Elder (1472-1553).

Em "Lemúria nunca existiu": Versão digitalmente modificada de um mapa encontrado no livro "Lemuria - Lost Continent in the Pacific", publicado em 1931 pela Antiga e Mística Ordem Rosae Crucis (AMORC) de San José, na Califórnia, e outras imagens que possuem licenças e permissões compatíveis com sua presença aqui – sem a necessidade de creditá-las.

Em "Fim da Bruxaria...": Os desenhos entre os capítulos foram retirados do livro "Uma Ilustração dos Princípios Ocultos de Jacob Böehme, o Teófoso Teuônico, em Treze Figuras" e são de autoria do místico alemão Dionysius Andreas Freher (1649, 1728). A ilustração extra é uma versão chinesa do teorema de Pitágoras, encontrada no texto "Chou Pei Suan Ching" (500–200 a.C.). Todas as imagens são de domínio público.

Originais escritos entre 2000 e 2013, em Governador Valadares, Leiden, Barcelona e Belo Horizonte

Organizado, revisado e publicado neste formato em 2014.

Versão 1.01

ISBN: 978-85-917371-3-0

Daniel Abreu de Queiroz

O FIM DA BRUXARIA PARA OS
ALQUIMISTAS VAMPIROS

Belo Horizonte
Edição do autor
2014

para Miranda

DR. CARLOS ANDRADA
PSICÓLOGO

A PLACA QUE INDICAVA O ESCRITÓRIO era modesta
e pouco chamativa. Apesar do mau gosto das maiús-
culas constantes, percebia-se que Carlos Andrada
optara pela sóbria simplicidade que excluía detalhes
de seus extensos méritos acadêmicos e mesmo de
seu renome internacional como autoridade no tratamento de certas perturbações mentais específicas.
Ali, naquela chapa de acrílico escondida entre tantas outras – a maioria ostentando cores e promessas
maravilhosas no hall de entrada do edifício – Dr.
Carlos era apenas um psicólogo qualquer.

Jorge gostava da placa. Tinha o temperamento naturalmente hesitante e vivia cheio de regras
interiores que agiam como freios para seus impul-
sos, de forma que desconfiava de quem ia se atirando demais logo à primeira vista, na ânsia de impressionar. O consultório ficava em um prédio caro, mas
não em um prédio esnobe. Era toda essa aura de
maturidade e sensatez desencantada, aliada à in-
questionável competência profissional do médico,
que atraíra o paciente e finalmente o convencera a
consultar-se com Carlos.

Inquieto, Jorge sentiu que suas nádegas e ab-
dômen se contraíam, dentro do elevador, no rápido
trajeto até o vigésimo andar. Uma pressão no peito.
A cabeça leve. Não estava acostumado a subir tão
alto e até a ideia de tamanha distância do chão lhe

inspirava vertigens. Não lutou contra a ansiedade que, sabia, desapareceria por si só. Deixou que ela o atravessasse. Estava aprendendo a sair de sua zona de conforto e a aceitar riscos. Desprezava quem se atirava sem preparo, mas vinha percebendo que era igualmente um engano passar a vida inteira dentro de um casulo.

Na sala de espera, sequer teve que esperar. Jorge sempre foi pontual e o seu psicólogo, extraordinariamente, também o era. A exclusividade do consultório se evidenciava na falta de uma recepcionista. Bastava a porta entreaberta, sinalizando que a última visita havia terminado e que, agora, Carlos convidava o próximo paciente para darem início à sessão de terapia.

O que chegava cerrou a porta atrás de si. Enquanto atravessava o espesso carpete, rumo à mesa do doutor, resmungou saudações educadas. Dr. Andrada respondeu a elas com um sorriso burocrático e esperou que o paciente se instalasse numa cadeira à sua frente, do outro lado da mesa, já que não ficava à vontade no divã. Com sua costumeira expressão concentrada de interesse profissional, começou a trabalhar:

- Por mais estranho que possa parecer o seu caso, Jorge, sinto que já estou suficientemente familiarizado para sugerir algumas tentativas de solução prática... Nada muito complicado. Será um processo trabalhoso, naturalmente, mas de estrutura simples... Acredito que devemos nos concentrar num contracondicionamento aversivo, acompanhado de outras medidas acessórias que eu detalho aqui, neste pequeno caderno, para que seus problemas sejam confrontados e completamente reprimidos.

Jorge recebeu o manuscrito em silêncio, enquanto o médico continuava a falar:

- Peço que o senhor leia esse material nos próximos dias, e que pense nele como num manual. Naturalmente, eu espero que você me avise sobre quaisquer dúvidas que surgirem durante o tratamento e que leve minhas instruções a sério, ainda que algumas delas pareçam um pouco banais. Estimo que, em alguns meses, você estará perfeitamente livre dessa vontade esdrúxula e de todos os inconvenientes advindos dela.

- O doutor parece ter-se confundido – riu-se o paciente, balançando o caderninho no ar. Eu não quero me livrar de nenhuma das minhas vontades... Eu passei anos cultivando a contemplação e evitando comportamentos afobados. *Reprimindo* minhas vontades. Mas já estou maduro, minha vida mudou e é hora de experimentar. É hora de sair do casulo... Eu quero ser como um sino, doutor. O mundo bate e eu *bong*.

- Fique tranquilo, Jorge. Sei que um processo como esse pode parecer alarmante e esotérico para um leigo, mas eu posso te garantir que tudo é muito bem delimitado e específico... Eliminaremos apenas o desejo inadequado, esclarecendo as fantasias relacionadas a ele. Nada mais será alterado com o tratamento.

Jorge, sempre sorrindo, cruzou as pernas.

- Tudo que nós conversamos aqui... Eu tenho certeza que poucas pessoas ouviriam *de verdade*. Depois de cinco minutos, a maioria deixaria de prestar atenção, para se ocupar com a invenção de uma explicação ignorante e apressada a respeito do meu caso. O senhor prestou atenção de verdade, e isso me surpreendeu de forma muito positiva, mas parece que agora você parou de ouvir o que eu digo... Eu até entendo, eu acho... Imagino que inferir procedimentos práticos de cura, enquanto analisa o discurso dos pacientes, deve incluir-se entre os ossos do ofício para um psicólogo... Tudo bem. Mas entenda que eu não busco qualquer tipo de tratamento. Eu queria consultar um especialista para presenciar as reações de alguém como você, quando confrontado com o meu caso. Queria apresentar minha realidade para alguém que seria, obviamente, um cético – mas um cético com ferramentas! Queria ouvir suas opiniões e ver se o senhor aceitaria minha realidade, ou como a transformaria numa fantasia racional e verossímil... Eu venho aqui para me divertir. Para me expor ao imprevisível alheio que sempre evitei. Em outras palavras, eu venho porque *quero*, e agora o senhor propõe eliminar vontades!

Andrada ignorou o tom de zombaria de seu paciente e permaneceu polidamente firme.

- Peço desculpas se me sinto forçado a te contradizer, Jorge. Admito, inclusive, que tenho ficado ansioso por suas consultas. Você tem se mostrado um homem sensato, culto e original. Devo dizer, até mesmo, que o senhor tem opiniões incrivelmente sábias sobre diversos assuntos. Você é coerente em tudo, beirando o brilhante, exceto quando abordamos a questão específica que justifica sua presença em meu escritório: o vampirismo.

O sorriso de Jorge aumentou enquanto ele levantava uma das mãos para fazer aquele sinal de "chifrinho" com os dedos, como se fosse um adolescente. O doutor continuou, inabalável:

- Sei que o passo mais difícil, às vezes, é o primeiro: reconhecer o problema abertamente, sem artifícios. Compreendo sua reação evasiva, mas você precisa de tratamento. Eu não sou um desses tiranos da normalidade, para quem qualquer desvio de uma meta imaginada deva ser reprimido, mas no seu caso a necessidade é bastante evidente e, se não for atendida, pode se transformar numa fonte de riscos para você e para as outras pessoas. A sua própria presença aqui deveria servir de pista: há uma parte de você que reconhece a necessidade de tratamento e que busca por ajuda!

- Eu conheço a sua dificuldade para aceitar os fatos, doutor. A conheço até bem demais! A cautela e a confiança "na palavra dos mais velhos", pra dizer de um jeito popular... Sabe o que eu pensei primeiro, logo assim que reconheci minha condição? Eu pensei: "Tenho que tomar cuidado. É preciso avançar bem devagar enquanto vou apalpando essa nova vida. Qualquer deslize pode significar..." E então eu parei. Eu não sabia mais como continuar. Qualquer deslize pode significar o quê? A gente passa a vida inteira acautelado. Toma as decisões mais sensatas e faz tudo o que seria de bom senso. E tudo isso para quê? Eu fui atacado no meio da noite e me senti completamente indefeso! O senhor entende o que é isso? Poderia tão facilmente ter sido um bandido... Um coitado que apanhou a vida inteira e que pretendia descontar a raiva em mim. Poderia ter sido um bêbado ao volante. Eu podia ter morrido, você entende? Pra que andar tão devagar? Quer dizer, é claro que a gente não quer sair correndo e quebrar a perna, mas sempre tão devagar? Sempre apalpando tudo e conferindo e duvidando... Eu consigo imaginar, *de verdade*, o quão difícil deve ser para o doutor... Por outro lado, eu não espero convencê-lo intelectualmente. Desculpe, mas tenho mais o que fazer. Há tanto o que explorar e o senhor fala em tratamentos...

Finalmente, houve uma pausa nesse monólogo que provavelmente teria sido reprimido num diálogo comum. Mas os psicólogos usam o próprio silêncio como uma folha em branco que aceita tudo, e o silêncio mútuo como ferramenta de sucção a vácuo.

- Este é o nosso último encontro. – concluiu o paciente, subjugado pela ferramenta do médico. Estou satisfeito. Você me ajudou muito Carlos, ainda que, pelo jeito, tenha sido na direção contrária à calculada. Você quer me condicionar, mas eu quero me libertar... E você me ouviu. Você me aceitou e me familiarizou com um à vontade que parecia inatingível poucos meses atrás. Você me ajudou a retirar correntes e agora fala em me reprimir? Não dá... É uma pena que o doutor não possa aceitar o fantástico, mesmo à frente dos seus olhos. Abraçar o improvável, nem que fosse apenas por picardia. Estou me habituando à picardia e posso testemunhar pelas suas maravilhas... Hoje eu vou embora, e o senhor pense o que quiser... Mas eu *sou* um vampiro, doutor. Nenhum contracondicionamento do mundo vai mudar isso.

Dr. Carlos afundou-se pesado na cadeira. Respirou fundo e retomou suas tentativas de ter uma conversa razoável com aquele lunático:

- Eu não posso obrigá-lo a se tratar, Jorge, mas é estranho, para mim, que o senhor me abandone com tamanha segurança. Já se esqueceu dos nossos experimentos? Dos nossos encontros durante o dia, quando o senhor estava exposto aos raios solares?

E quanto aos seus caninos? Já mudaram de tamanho? Vampiros não existem! Seja razoável... Você traz no peito um cordão de prata, com uma cruz!

Jorge "rolou os olhos", como dizem em inglês, e ficou um pouco exaltado:

- Pois eu já não te disse? Eu já não te falei que não sou um vampiro de filmes de terror? Eu nem poderia afirmar que minha condição tenha qualquer relação com essas lendas. Uso a palavra *vampiro* apenas porque é grande o número de semelhanças. Eu preciso do sangue, por exemplo. Eu te disse, mas o senhor parecia tão empolgado com o mapa do seu argumento, que não parou de segui-lo. E de repente parecia que você era o paciente e eu era o psicólogo, obrigado a presenciar o êxtase verborrágico de uma obsessão que vai se derramando em palavras... Eu achei injusto. Então, ao invés de tentar argumentar com uma cachoeira, deixei que o senhor falasse e fingi prestar atenção, enquanto secretamente eu imaginava o senhor pelado, masturbando-se... Eu não sou gay. Mas por que somos proibidos até de imaginar livremente? Por que essa barreira de medo logo que um pensamento toca o "alerta gay"? Eu quero ser livre. E quando a imagem surgiu espontaneamente do tédio, eu deixei que ela me atravessasse, sem interferência. Não despertou nenhum estímulo sexual. Foi inclusive desagradável, mas eu senti uma satisfação enorme por não ter me reprimido, como sempre fiz e nunca tive coragem de confessar, ou mesmo de reconhecer. Eu posso imaginar qualquer coisa que eu quiser. Eu posso. E se eu descobrir que sou gay, deixando minha imaginação livre, porra, eu vou chupar um pau! Eu quero transcender a Natureza e sinto que posso fazê-lo. Mas como poderei chegar lá, se até a própria liberdade de pensamento eu aprendi a bloquear? Viver e morrer reprimido, dominado pelo fantasma de um escravo supersticioso, alienado e machista, sei lá, que tem medo de tudo... Antes de transcender a Natureza, eu preciso matar esse escravo e descobrir minhas possibilidades limite. Abandonar esse terror silencioso de encontrar em mim um lado gay. Um lado fraco. Um lado mau... Por que evitar a verdade? Por que condicioná-la com regras e labirintos semânticos ou morais? Eu lhe apresento algo fantástico, algo que talvez não tenha uma explicação lógica... Há vários fatos e inclusive conhecimentos inexplicáveis. Qual é o som de uma única mão batendo palmas? Por que o Bodhidharma barbado não tem barba? Mas o senhor quer construir uma rede de palavras para apanhar um sapo! Quer dizer, um morcego... Eu preciso do sangue. Não é uma vontade inconveniente. É uma necessidade. E meus dentes são perfeitamente capazes de abrir um pescoço. Eles não precisam aumentar de tamanho para isso... Existem várias semelhanças entre o que tenho vivido e o personagem fictício do vampiro, mas eu não tenho nenhum compromisso com ele! Eu me sinto bem à luz do sol, então eu saio durante o dia. Prata, ou cruzes, não me fazem mal, então uso este mesmo cordão que ganhei do meu pai, como o tenho usado desde a infância. Esta cruz aqui não significa nada para mim além de um hábito inconsciente cuja própria interrupção é que, a meus olhos, emprestaria ao objeto um significado supersticioso. Você destaca que minha condição não reflete a imagem do vampiro fictício, como se isso fosse uma contradição. Mas não é justamente o oposto? Essas diferenças, e minha aceitação honesta de todas elas, não contrariam a sua sugestão de que estou encarnando, em delírio, uma personalidade de origem cultural? O vampiro que eu *sou* não é o vampiro que eu *aprendi*. O que eu tenho não é uma *síndrome de cosplay*... É ridículo. Eu não costumo entrar nas casas alheias sem ser convidado, mas eu espero o convite porque sou um homem educado, apenas isso. Se precisar, eu entro! Eu não quero respeitar mais nada. Certamente não respeito lendas e mitos. O que me acontece de verdade eu não sei explicar. Talvez não tenha explicação. Talvez seja como um vírus, ou como uma perturbação eletromagné...

- Você está perfeitamente sadio, Jorge! Nenhum dos exames de sangue, ou de urina, ou de fezes, ou de imagem trouxe qualquer coisa de anormal. Nós fizemos tudo aquilo apenas para te convencer, e nem assim você dá o braço a torcer? Isso não te parece exatamente o tipo de comportamento que justifica um tratamento psicológico? Não existe vírus, ou doença rara. Tudo isso só existe na sua própria mente!

Jorge não pôde evitar uma nova risada enquanto descruzava as pernas.

- Então não falemos mais em vírus... Como escrevia Rumi, talvez eu não seja este cabelo, ou esta pele... Talvez sejamos realmente nossas almas – e talvez eu tenha me transformado numa alma anômala, ou na ausência de uma. Eu não sei. Estou divagando. O doutor gostaria de falar sobre a alma? O que seus livros dizem sobre ela? Há algo sobre se desprender da realidade padrão e ficar flutuando no tempo?

- Não. Falemos do tempo... Você parou de envelhecer, por acaso?

- Que perguntinha capciosa, hein? Eu me transformei há poucos meses, como poderia oferecer uma resposta objetiva?

- Transformou? Jorge, está bastante claro que algo te aconteceu. Experiências traumáticas podem deixar sequelas desse tipo... Você não é o primeiro a passar por algo similar e deveria confiar no que a ciência descobriu investigando outros casos. Uma criança que não sabe o que é um osso, ou mesmo que os possui, poderia surgir com explicações absurdas, ainda que autoconvincentes, para as misérias de um osso quebrado. Mas continuaria sendo um osso quebrado! Como eu já disse, e explico no caderno que te entreguei há pouco, podemos dar um jeito nisso.

- E como *eu* já disse, Carlos, não há nada que eu queira reprimir.

A tez do médico foi ganhando um tom progressivamente mais corado no silêncio que se estabeleceu.

- Então vamos falar da sua transformação... Uma mulher te surpreendeu do nada, no meio da noite, e te subjugou. Você acredita que ela tinha uma força sobre-humana, mas admite que ficou paralisado, sem condições de defender-se mesmo de um atacante comum. Essa mulher te mordeu, embora você não tenha uma cicatriz. Depois ela mordeu a si mesma, no pulso, e esfregou o braço cortado e banhado de sangue na sua cara. Não foi isso? E não seria bastante pertinente aplicar a palavra "traumática" a esse tipo de experiência, ou ao que quer que tenha criado essa lembrança?

- É claro que não foi traumático, doutor... Foi maravilhoso! Eu narrei com um pouco de contrição porque, porra, ainda estava muito tímido... E descrevi o susto e o medo que realmente experimentei na ocasião, mas o sangue tinha gosto de... tinha gosto de... Eu nunca usei heroína, mas, se a gente for acreditar nos filmes, era parecido com aquilo... Era como se eu estivesse bebendo a própria vida...

- E ao mesmo tempo, se acreditamos em você, o sangue era a morte?

- Eu não sou filósofo, doutor... Sou um vampiro.

O paciente sorria. Era óbvio que ele vinha descobrindo imenso prazer no som da própria voz. Foi durante o novo silêncio que Andrada tomou consciência do esforço que fazia para manter uma aparência tranquila. Por dentro, retorcia-se em busca de uma abordagem conveniente para o rumo que aquela consulta tomava.

- Vamos deixar o vampirismo de lado por um minuto... O senhor se considera uma pessoa sensata, Jorge? O senhor se considera um homem inteligente? E, por favor, não responda imediatamente...

O médico parecia ter recebido uma injeção de novo ânimo e precipitou-se para a ponta da própria cadeira antes de continuar:

- Porque eu passei horas ouvindo você zombar da *gentalha* e do *homenzinho medíocre* que você condena. Eu passei anos, Jorge, escutando coisas semelhantes de todo tipo de pessoas com frustrações em comum. E algumas delas eram realmente inteligentes e sensatas, a ponto de sentirem-se anômalas e isoladas do resto, por causa de suas expectativas irreais de que o mundo deveria se comportar como elas... Mas algumas dessas pessoas, por mais incrível e corriqueiro que pareça, estavam apenas reconhecendo nos outros uma porção dos erros mais notáveis em si mesmas... Você já encontrou esse tipo de gente? Então me diga, Jorge, se você se considera um desses lampiões reclamando do fogo, ou um homem realmente sensato e inteligente, disposto a tomar decisões racionais, baseadas em fatos...

- É pra responder agora?

- Sim.

- Essa dúvida me acompanha há um tempo, doutor, e até agora a evidência tem sido favorável à ideia de que a mediocridade que me incomoda não vem de mim.

- Você fala em evidências, mas então qual é exatamente a sua definição de evidência? Porque a evidência mostra que o senhor é um homem comum, e que toda a sua percepção de si mesmo como um vampiro é puramente imaginada e subjetiva. Nós investigamos a composição química do seu sangue, da sua urina, das suas fezes... O senhor não apresenta reações anômalas ao sol, ou a objetos de prata, alho, nem nada de concreto que possamos, ao menos, investigar!

- O senhor tem tudo muito bem direitinho na sua cabeça, não tem, doutor Carlos? Tudo para você é muito claro e...

- Perceba como o senhor já está procurando uma fuga em argumentos ad hominem para se esquivar do assunt...

- Não, não, doutor... Ouça isto... Quando eu vim aqui pela primeira vez e o senhor percebeu minha inquietação com a paisagem além destas janelas imensas, o senhor adivinhou imediatamente o meu medo de altura. E com a mesma lógica simplista e confiante, tentou me confortar aconselhando uma ponderação simples e realista de que não havia risco de uma queda acidental. Repetiu que a fonte do meu medo era um cenário imaginado e irrealista, de que a altura percebida se relacionava a um risco que na verdade não existia. O senhor não imagina um mundo onde pessoas caiam das janelas, não imagina motivos para que um acrofóbico encontre-se inesperadamente fora de uma delas e isso parece bastante sensato. A minha inquietação de fato parece bastante insensata, sob esse ponto de vista. Mas como o senhor poderia considerar o todo? Você acha mesmo que o universo acontece como uma fórmula matemática e que as coisas se desenrolam maquinalmente, dentro de uma lógica razoável? Eu tenho, em mim, alguma espécie de relação com essa altura. Algo em mim pressentia que já nos conhecemos, caindo... E não era exatamente medo que eu sentia, mas uma espécie de frio na barriga, como o que acompanha os passeios de montanha russa e outras experiências de extrema intensidade. Era uma premonição de frio na barriga, que ainda me sobrecarrega... Ou as premonições estão entre os fenômenos que o senhor considera não-científicos, e ignora? A própria psicanálise não sofria desse mesmo preconceito, até ainda outro dia? É verdade que muitos desses pressentimentos não se transformam em acontecimentos práticos, mas correr o risco lógico de cair não é a única forma de se relacionar com o abismo... Quando eu era criança, por exemplo, descobri um medo mórbido de tubarões. E eu nem morava no litoral! Mas quando eu fechava os olhos, durante o banho, às vezes me sentia obrigado a expô-los ao xampu por causa de um pressentimento fortíssimo. Eu vasculhava aquele meio centímetro de água empoçada dentro do boxe, com os olhos em chamas, procurando a barbatana daquele que vinha me abocanhar... E se depois a lembrança virou uma piada íntima, durante a infância eu não sabia como me relacionar com aquele sentimento enorme que nascia em mim quando eu pensava em tubarões. Talvez aquele fosse o medo comum que todos sentem desses bichos... Será? Eu considerava, mas não acreditava nisso. O que eu sentia, me parecia, era algo único e original. Nem poderia mesmo ser um medo prático, um medo de verdade, porque, porra, até hoje eu nunca vi um tubarão ao vivo! Então eu decidi, na minha confusa investigação infantil, que aquele sentimento não era exatamente medo... Era uma relação que eu tinha com os tubarões... Talvez eu tivesse sido um deles na vida passada, quem sabe, hahaha... Agora eu olho pra cidade lá embaixo, além das janelas, e sei que vou cair. Num certo sentido, libertar-se não é como cair de uma janela? No primeiro dia eu ainda não sabia disso, mas agora eu entendo e você não entende. Você acha que tem tudo certinho e muito bem calculado, mas suas conclusões não são menos infantis e fantasiosas do que as minhas, quando criança, deduzindo que em outra vida eu fora um tubarão. Eu não tinha como saber, naquela época, que aquele peixe, apresentado naquele gênero narrativo de *O Monstro*, era a imagem mais próxima do que seria meu futuro de predador. Muito mais próxima que a imagem popular dos vampiros, sempre manchada pelo gênero da fantasia. O tubarão era um terror real, como o que me tornei. Hoje, os tubarões é que devem ter medo de mim, hahaha...

Algumas batidas do coração de Andrada deram ritmo ao silêncio não-intencional durante o qual ele se recuperava dessa última maluquice. Não devia estar pessoalmente envolvido num bate-boca com o paciente, mas, pela primeira vez, não conseguia se controlar:

- Al... Algumas pessoas gostam de comer carne crua, Jorge... Isso não faz delas lobisomens! Não há nada de sobrenatural, ou mesmo de anômalo no seu corpo. Você diz que sente a necessidade de beber sangue e também que se tornou um homem maléfico depois da sua transformação. Entretanto, confessou que sua única experiência foi com aquele braço esfregado na cara. Em nosso último encontro, discutindo sua suposta malignidade, o senhor se recusou mesmo a matar uma formiga!

- É ofensiva, para mim, a ideia de que matar uma formiga constitua um ato de maldade.

- E quanto a um homem? O senhor diria que o assassinato constitui um mal?

- Não necessariamente.

- O senhor compreende que sua opinião vai contra o senso comum universal?

- É claro... O doutor está falando de uma sociedade onde um porco lascivo, hipócrita e vaidoso faz um pouco de pseudocaridade e se considera, além de ser considerado pelos demais, um homem bom! Os sábios e santos são desprezados, humilhados e condenados histórica e imediatamente, enquanto em cada câmara de vereadores ou de dirigentes lojistas os canalhas mais desprezíveis e nocivos de cada cidade estão recebendo prêmios e honrarias! As estátuas e bustos em nossas praças são invariavelmente de mártires que assassinamos ou de filhos da puta que nos assassinam. O que dizer do senso comum? O que essa gentalha ignorante sabe sobre o bem e o mal? É importante lembrar ao doutor que essa confusão ainda acontece depois que gerações e mais gerações de gênios discutiram sobre a natureza da bondade. Há quantos livros de ética em qualquer livraria? As pessoas ainda se confundem. Eu tenho orgulho de ter uma noção sobre o bem e o mal que seja incompatível com o senso comum.

- Mas existe também outra noção mais erudita, digamos, do que é o bem. A sua negação de maldade ao assassinato não contraria apenas a noção mesquinha e prática, popular, sobre a maldade; ela nega toda e qualquer opinião razoável sobre o assunto.

- Sim, é verdade que existe um consenso mais adequado à ideia de bem... Mas perceba que mesmo nesse campo teórico, primariamente verbal e afastado das práticas e ações concretas, ainda há muita discussão sobre o que é ou não é bom... E lembre-se que nossa discussão não se encontra numa ética em busca do bem, mas numa ética demoníaca – a substância e a forma do *mal*. A literatura dessa ética específica é muito reduzida, e carece de qualquer penetração social. Rousseau estava certo quando afirmou que o ser humano é essencialmente bom. E um senso comum essencialmente bom é incapaz de vivenciar, ou mesmo de conceber espontaneamente o mal. Como poderia um cego discutir a cor do leite? As pessoas não sabem o que é o mal... Os moralistas sugerem que existe algum tipo de conflito entre homem e Natureza. Um duelo... E baseiam sua ética na suposição de que a Natureza é mais forte do que o homem, que através da filosofia, ou da religião, busca um "bem" que lhe dê as forças excepcionais para vencer a Natureza... Mas como poderia existir esse conflito, se o comportamento do homem, seja ele qual for, é justamente a manifestação dessa Natureza? O homem é parte da natureza – ele é *a própria natureza*, você entende? A Natureza se expressa através do homem como a intenção se mostra nos olhos. E essa ética que você levanta contra mim mais parece uma moeda caindo, tentando decidir se é melhor cara ou coroa... O que um homem sente e decide fazer é a própria Natureza. E nessa natureza tudo está bem e em equilíbrio. As pessoas não entendem sua própria natureza mais do que entendem como seus ares-condicionados funcionam. Se as condições sociais atuais corrompem as pessoas e as colocam sob tentação de praticar atos imorais, isso não é mal, é apenas um inconveniente social. A própria ideia de que o assassínio constitua um fenômeno espetacular é outra demonstração da corrupção alienante que confunde o homem médio. O assassinato é um fenômeno abundante no que eles chamam de *mundo natural*. As pessoas assistem ao mocinho matando bandidos no cinema e aplaudem. Sentem fome e comem carne. Usam inseticidas. Se num certo contexto esse fenômeno se transforma num inconveniente, isso não empresta nada de maléfico ou aterrorizante ao ato. Posso fumar?

- Naturalmente... Por favor, continue.

- Não existe nada de realmente assustador no fato de que uma pessoa mate outra pessoa, ou um animal. Não existe nada de necessariamente maléfico na inveja, na luxúria, ou em qualquer pecado capital. Alguns são comportamentos autodestrutivos que realmente prejudicam o pecador. Outros são inconvenientes para os poderes, bem terrenos, que os tentam reprimir. De uma forma ou de outra, são apenas fatos da existência humana. Tão parte da

Natureza quanto a água e os camelos... Agora, imagine se uma árvore, de repente, se pusesse a *dançar*...

- O senhor está sugerindo, Jorge, que um eucalipto fazendo a Macarena é obra de Satanás?

O psicólogo envergonhou-se do próprio sorrisinho satisfeito, que foi ignorado pelo paciente.

- Não... O doutor precisa esquecer toda essa cultura de Satã, como entendida pelos crentes, seus principais cronistas. Isso é apenas uma impureza da realidade, como a cultura dos vampiros. Esqueça Jesus Cristo e toda essa bagagem de bobagens que ouviu durante a vida, como o alho para repelir vampiros... Eu adoro alho, por falar nisso... Estamos falando do Mal! Da força que se opõe às leis estabelecidas do universo. De algo que participa da Natureza sem fazer parte dela, como um parasita, ou um vírus... Árvores não dançam. Um homem mata, mas um eucalipto não canta. Se uma árvore dançasse sozinha, ou se uma galinha falasse, isso estaria em completa oposição às regras de tudo que existe. Ser mal é desejar aquilo que não nos foi oferecido pela Criação. É a vontade irrefreável de criar ou arrancar à força alguma coisa que não nos foi dada, ou que, de acordo com as leis naturais, não deveríamos ter. *Satã* significa *adversário*. Alguém que quis ser também um criador supremo. O adversário maior da Criação. Uma projeção do Mal em seu estado puro. Constituir uma natureza própria, que opõe e desvirtua o mundo natural. A vontade de ser também um deus...

- E como o senhor acha que pode se opor à Criação, Jorge? Como poderia transcender essa Natureza que, segundo você mesmo, se manifesta inexorável através de nós?

- Eu sou um vampiro, doutor...

Jorge apagou o cigarro e Dr. Carlos, quebrando seu protocolo, acendeu um para si. Pensou em servir-se também uma dose de uísque, mas estava trabalhando. O cigarro já era liberdade demais. Aquele era o único paciente em toda a sua carreira que tivera a capacidade de irritá-lo. Um homem com tendências racionais como Jorge não era do tipo que se imaginava vampiro. Um esquisitíssimo Dom Quixote...

- Você precisa do sangue há meses, Jorge, mas só o experimentou uma vez, quando foi surpreendido no meio da noite... Por favor, elabore sobre isso.

- Chegamos a um ponto, doutor, em que preciso fazer uma confissão. Eu já bebi sangue mais vezes. Na verdade, o bebo com certa frequência.

- Hmmm... E onde exatamente o senhor consegue esse sangue, Jorge?

- Eu comecei, naturalmente, com pequenos animais. Toda aquela minha prudência cultivada, que venho tentando abandonar... Comprei galinhas. Depois, gatos. Então cachorros... Eu visitei fazendas e gastei dinheiro com gente simples que não faz perguntas. Fiz várias experiências, mas os resultados foram invariavelmente frustrantes. Então, no decorrer do meu desenvolvimento, eu cometi algumas indelicadezas...

- Do que você está falando, especificamente? Por favor, inclua detalhes.

- Eu não gosto dos detalhes... Basta dizer que às vezes, doutor, a maldade e o inconveniente do assassinato caminham juntos.

Dr. Carlos não pôde mais se conter e explodiu

como uma professora que desce ao comportamento da criança durante uma briga:

- Então suas visitas realmente fazem parte de algum tipo de brincadeira estúpida? Até considero que você tenha experimentado qualquer tipo de trauma, e que isso o tenha levado a acreditar que é um vampiro. Mas que o senhor tenha matado alguém para beber sangue já é uma afirmação além dos limites. O senhor é sensato e racional demais para cometer um desvario desses... Precavido, retido e hesitante! Quase um covarde... Eu tenho certeza que se o senhor tivesse uma discussão violenta com o síndico do seu prédio, seu comportamento iria denunciar o problema! Além do mais, precisamos ressaltar que vítimas sem sangue, com buracos no pescoço, seriam uma grande atração para a mídia, não é verdade? Não acredito que esse tipo de ocorrência passaria despercebida... Acompanho os jornais diariamente e nada neles reflete suas afirmações. Já basta dessa sua brincadeira doentia que nã...

- Desculpe se insisto em afirmar que não estou brincando, doutor. Quer dizer, não estou brincando como o senhor imagina... Entendo sua frustração, mas seus argumentos só fazem sentido dentro da sua própria cabeça e não correspondem ao mundo real. O que me acertaria como realmente contraditório seria que eu me atormentasse, como um assassino vulgar, ou que fosse displicente como ele... Não sinta-se um mau profissional. Eu não sou mais, exatamente, um ser humano. Eu nunca te contei, mas poderia ter escolhido me revelar de forma inelutável a qualquer momento, sem a necessidade de agulhas ou potinhos plásticos... Eu posso ficar sem respirar indefinidamente, por exemplo... Respirar é que vai se tornando um esforço consciente; uma farsa. Piscar os olhos... A urina e as fezes, putz... Nem eram minhas. Quanto à questão da mídia, a cidade é grande e violenta. Eu mato menos que o tráfico de drogas. Sou muito discreto e organizado. Não mereço grandes atenções e pretendo continuar assim. Entenda que não é nada pessoal. Nossos encontros me foram muito proveitosos e divertidos, mas, como você mesmo disse, já chega dessa brincadeira...

Jorge levantou-se da cadeira calma e lentamente. O Dr. Carlos estava estupefato e petrificado, talvez pela tentativa de produzir um próximo argumento. Não experimentava nenhuma sensação de ameaça real e só tentou gritar depois que o paciente o tinha agarrado pelo pescoço. Tarde demais. Sua resistência foi anulada em silêncio e, com a mesma facilidade, sua pele rompeu sob a pressão dos dentes.

Jorge bebeu um pouco do sangue. Só um pouco. Apenas o suficiente para saciar a sede. Ele ainda não conseguira habituar-se àquele gosto de cobre doce e à sensação tóxica do primeiro contato após alguma abstinência. Como das outras vezes, sentiu ânsias de vômito, provavelmente psicológicas, paralelas ao gozo do corpo. Precisava de ar fresco.

Aproximou-se da janela e, através dela, admirou a cidade vinte andares abaixo de seus pés. Tremendo, inclinou-se lentamente em direção ao precipício e hesitou quando lembrou que, apesar de seus cuidados constantes, ainda poderia ser incriminado pela morte do médico.

Resolveu as últimas pendências e voltou para o abismo. A noite estava perfeita para voar. Atirou-se no ar e sentiu que o medo se derretia com a força do vento frio resistindo à queda de seu corpo amaldiçoado. Frio na barriga.

Num momento de êxtase, enxergando no mundo infinitas possibilidades de transgredir e desobedecer, imaginou que, por um processo inverso, deveria ser aquilo o que os santos sentiam. Satisfeito com a queda – com a adorável noite – transformou-se em morcego e foi voando para casa.

Público-alvo

CONSONANT – _JOHN COLTRANE'S 'MY FAVORITE THINGS'_

Na noite da última reunião, viu-se Pedro inesperadamente obrigado a esperar longos quarenta minutos. Muito mais longos do que ele poderia imaginar que quaisquer quarenta minutos seriam e certamente mais intensos do que o ponteiro grande de qualquer relógio do mundo poderia representar com o mero deslocamento de duzentos e quarenta graus.

Pouco depois de entrar no apartamento, ao perceber que estava sozinho com Yolanda, surpreendeu-o um seco amargo na garganta ao reconhecer que, apesar de tudo, ansiava pela chegada de Fabiano. Por uma única vez na vida, Pedro se alegraria com a chegada daquele esnobezinho escroto filho da puta. Pedro, que – como quase todos nós – não gostava de esperar, tinha vários motivos particulares pra ficar ainda mais ansioso do que qualquer um de nós ficaria ao desperdiçar 40 minutos à espera de uma reunião.

Pra começar, ele tinha aquele velho problema de estar num lugar que não era seu. Pedro só ficava perfeitamente confortável entre as amigáveis paredes de seu pequeno apartamento, onde, de fato, ele passava a maior parte do tempo. Gostava de cada um dos móveis, tão acostumados com ele e vice-versa. Seus livros. Filmes. Gavetas. As coisas com as quais ele construíra uma parede para se proteger do mundo. De ligação pessoal com as coisas lá de fora, apenas dois álbuns de fotografia. Registros de sua infância, de seus pais, da casa velha, da viagem à capital, de alguns parentes e dos poucos bons amigos que fizera em ocasiões especiais. A simples ideia de que alguém poderia folhear aquelas fotografias já o deixava constrangido, o que o levava a esconder os álbuns entre suas tantas revistas de putaria – tudo muito bem camuflado sob a roupa de cama em um dos armários. Uma precaução tão desnecessária quanto responder a uma pergunta retórica, considerando que Pedro nunca recebia visitas. Ainda assim, numa sacadinha que ele mesmo repetia: O que seria do mundo sem as perguntas retóricas?

Pedro não gostava de lugares estranhos. É claro que já se habituara relativamente ao apartamento de Yolanda, depois de tantas reuniões, mas o lugar não era dele. Havia toda essa esmagadora coleção de obrigações e pequenas gentilezas que formam o ritual de entrar e permanecer no espaço alheio. Naquele exato momento, é importante dizer, não havia sequer uma justificativa razoável pra se engajar no ritual que ele odiava. Fabiano não estava – apesar do combinado – e nada começaria antes que ele chegasse. Cada segundo era um completo e incômodo desperdício que ele poderia ter atravessado em sua própria casa.

Como se isso não bastasse, Yolanda não parecia interessada em criar as distrações que seria sensato criar para tornar uma espera tolerável. Se a televisão estivesse ligada, por exemplo, Pedro poderia se esconder por trás de sua influência e relaxar. Pouca distração era necessária para que ele desaparecesse. O que seria visto por muitos como uma maldição, Pedro considerava um dom: abandonar com facilidade o campo de percepção alheio e poder ocupar-se isolado, à vista de todos, com seus próprios pensamentos.

Para a infelicidade e crescente desconforto do rapaz, a única distração na sala de Yolanda era a música saindo do computador. Exatamente agora, Consonant tocava *John Coltrane's 'My Favorite Things'*. Os dois já tinham ouvido aquela música tantas vezes que ela se tornara pouco diferente do silêncio. Yolanda ainda balançava um pouco a cabeça em algumas partes, de qualquer forma. Provavelmente aquilo tinha mais relação com a sua pose de punk-hype-neo-pós-retrô-emo-goth-metal-pinup-moderninha do que realmente com uma vontade honesta de balançar a cabeça pra música. Era um teatro. Yolanda e aquele seu namorado escroto eram um teatro constante – mesmo entre si, pra tomar café, ir ao supermercado, sair à noite ou se engajar em seus joguinhos sádicos infantis. Principalmente pra ouvir música. E quanto mais informações tivessem sobre alguma das obscuras e cultuadas bandas que colecionavam, mais exageravam na performance – talvez com a esperança de que alguém externasse interesse ou desaprovação, abrindo ocasião pra que eles detalhassem o que sabiam.

Pedro poderia antecipar, em sua mente, toda a lengalenga que Yolanda tinha na ponta da língua para aquela música. Começaria falando sobre o próprio John Coltrane e sobre a música à qual o título desta se refere. Ela certamente incluiria uma nota sobre A Noviça Rebelde! Então se voltaria ao projeto Consonant. "Você sabe *quem* gravou aquilo?" Yolanda, na imaginação de Pedro, cuspindo seu discurso pronto sobre Clint Conley e Mission of Burma.

Desagradável.

Pedro, que apesar da falta de distrações para encobri-lo já estava perdido em seus próprios pensamentos, percebeu que seu corpo tremia numa risadinha involuntária quando concluiu que o discurso imaginado de Yolanda o remetia a outra das músicas compostas por Clint Conley: *That's When I Reach For My Revolver*.

As reações físicas da risadinha involuntária o trouxeram de volta à sala; para a espera e o desconforto. Agora também estava envergonhado por ter se distraído, provavelmente adotando a postura de retardado que ele sempre adotava quando se perdia em pensamentos. Mas Yolanda, ele descobriu quando teve coragem de olhar para ela, não lhe dava a menor atenção. De olhos fechados e copo na mão, continuava a balançar a cabeça pra música. Você precisa balançar a cabeça, pra mostrar que está *por dentro*. Pedro sabia que Yolanda estava *por dentro* e ela sabia que ele sabia disso! Não havia mais ninguém por perto. Era como dar seta dentro da própria garagem. Uma coisa meio patética. Desagradável.

Era com essa palavra que ele definia a maior parte das coisas do mundo fora de seus domínios: desagradável. Uma palavra que começava a se repetir desde o momento em que ele abandonava a porta de casa. Havia, naturalmente, variações no grau desse desconforto. Algo poderia ser ligeiramente desagradável, ou incrivelmente desagradável. Havia variações, com certeza, mas a base continuava lá, como o arroz-com-feijão da família média brasileira. Era sempre o mesmo. Tudo era desagradável. Desagradável como as constantes analogias envolvendo o arroz-com-feijão da família média brasileira que Fabiano vivia fazendo.

Naquele exato momento, por exemplo, a situação estava consideravelmente desagradável. Além da própria condição irritante de esperar pela chegada de Fabiano, aquele bostinha prepotente nojento, e dos detalhes particulares sobre os quais começamos a falar, o sofá também não colaborava. As almofadas não o acomodavam tão perfeitamente como as do seu próprio sofá – personalizado por anos de uso. O assento era um pouco mais baixo do que o desejável; ele sentia os joelhos altos demais. Suas costas num ângulo muito aberto... Enfim, não há lugar como o lar.

Como acontecia quando ficava com alguém num lugar fechado, Pedro não sabia onde colocar as mãos. Ele era bem esse tipo de cara. Não conseguia decidir se olhava para a mesa no centro, para o teto, ou para a dona da casa, sentada numa poltrona à sua esquerda.

Pedro, pra tocar num assunto delicado, não gostava quando as pessoas estavam à sua esquerda. Ele tinha essa tendência natural de estar sempre olhando para a direita. Era mais uma dessas tantas coisas que ele sentia e que, naturalmente, guardava para si. Quer dizer, como reclamar com alguém porque ele não está à sua direita? Como pedir a alguém que mude de posição? E como simplesmente sair andando de um lado para o outro, sem qualquer motivo aparente? Apenas mais um desconfortável que ele precisava aturar de tempos em tempos. Pessoas à sua esquerda o deixavam desconfiado. Ele não gostava de conversar olhando para esse lado.

Ele nem gostava de conversar e ponto! Queria que a tv estivesse ligada. Mas Yolanda ligara o computador, tocando aleatoriamente uma coletânea dos clássicos há muito assimilados por qualquer um que tivesse o mesmo gosto deles. Pixies. Sonic Youth. David Bowie. Belle and Sebastian. Lou Reed. Ramones. Joy Division. Nick Cave. Por aí vai... Não escolheu, por exemplo, o disco solo daquele ex-vocalista do Radiohead, que nenhum dos dois tivera tempo de decorar. Algo no qual eles poderiam prestar atenção, imersos num silêncio confortável. Mas não. Não Yolanda. Hoje não. Ela queria sentar e conversar. A música apenas como pano de fundo.

Bem, se para Pedro as coisas estavam ruins, o plano dela também não tivera qualquer sucesso. Eles não estavam conversando nada. Pedro não era exatamente um ás nas relações com o sexo oposto. Ele não era um ás em nenhum tipo de relação com pessoas, animais, ou qualquer coisa que ele não pudesse fechar e guardar de novo na estante, ou simplesmente desligar apertando um botão e ponto final. É assim que ele era e, com mais de dez minutos de espera, eles não estavam conversando nada.

L<small>E</small> T<small>IGRE</small> — H<small>OT</small> T<small>OPIC</small>

Um dos piores agravantes no desconforto daquela noite era o misto de atração e nojo que Pedro
sentia por Yolanda. Quer dizer, ela era linda e dizia
as coisas certas. Ela lia as coisas certas e ouvia as
músicas certas. Ao mesmo tempo, ela era ridícula o
suficiente para namorar aquela bomba cretina de
músculos e prepotência – Fabiano. Parte da aversão
que Pedro sentia em meio às suas contradições, provavelmente, vinha da certeza que uma garota como
aquela nunca se interessaria por um gordinho de
óculos como ele. Um pamonha desleixado sem roupas da moda. Apenas calças surradas, um velho All
Star e uma camiseta com a estampa de uma banda
que ninguém gosta, ou sequer conhece – mesmo
entre os moderninhos. Sem piercings e tatuagens.
Sem aquela autoconfiança exagerada, estúpida e
vaidosa de macho-alpha-auto-proclamado que atrai
esse tipo de garota.

Yolanda e seus longos cabelos negros cortados
a navalha. Uma faixa roxa partindo da testa. Seu
pescoço branco e delgado. As inatingíveis borboletas
que voavam numa tatuagem sobre seu seio direito.
Deus sabe lá o que mais ela teria tatuado em outros
lugares mais escondidos... Quer dizer, Deus não.
Deus é politicamente correto e estigmatizado demais
para ter a chance de contemplar aquelas maravilhas. Coisas reservadas para os testoterona-crazy
-boys como Fabiano. Pedro conhecia apenas os símbolos sob a nuca, a tribal na região lombar, as três
estrelas no ombro, os pássaros na canela e as primeiras borboletas sobre o seio. Encantavam-lhe
aquelas unhas com esmalte preto descascado. A boca

e a cor do batom. Tudo em Yolanda despertava em Pedro um desejo profundo e uma dor aguda por ser um dos mal encaixados no mundo. Um dos verdadeiramente mal encaixados. Diferente de Yolanda e Fabiano; gente *pop*, e *up*, e *hype*, e *vip* que apenas saíra um pouco da linha. Gente pop com um *twist*.

Mas acontece que conclusões amargas sobre o mundo, alimentadas durante anos entre paredes solitárias, não passam de palitos empilhados para o tsunami do sangue. Pedro não podia evitar, ou ignorar, a atração que sentia e o desconforto extra que vinha disso. Altamente desconfortável, aquela sensação crescente de que Yolanda emboscava para o olhar nos olhos. Ela, que geralmente agia como se ele não existisse.

Pedro tentava se mostrar sinceramente interessado nas pontas dos próprios dedos, mas sentia o olhar chegando da poltrona, à esquerda, como um foco de luz quente sobre a têmpora. Yolanda esperava que ele se virasse, para olhá-lo diretamente nos olhos.

Ele sabia que precisava fazer alguma coisa. Virar-se, por exemplo, e dizer: ...? Dizer o quê? Tudo parecia tão idiota e artificial. Pensou em comentar qualquer coisa sobre o projeto, mas aquilo soaria inadequado, antes que Fabiano chegasse. Tentou achar inspiração na música, mas agora Portishead tocava *Glory Box*. Aquela música não despertava quaisquer pensamentos que ele pudesse discutir confortavelmente, principalmente com um amigo, com um conhecido, ou com algum estranho.

Depois de muita deliberação e silêncio – de muita observação atenta de suas próprias impressões digitais – Pedro decidiu que seria cortês perguntar as horas, mesmo que isso insinuasse uma censura ao atraso de Fabiano. Ele sentia que, naquele momento, dizer algo idiota seria melhor do que não dizer nada. De qualquer forma, ele considerava, alguma censura seria justa.

Quando voltou a cabeça para a esquerda, como esperava, encontrou os olhos de Yolanda atentos nos seus. Abriu a boca, mas não conseguiu dizer nada. Imobilizado, com os olhos focados no infinito. Os lábios entreabertos sem dizer nada, numa gritante expressão de estupidez – algo com o qual ele já estava acostumado. Provavelmente, Yolanda também. Às vezes, ele travava. Certamente aquele era um dos motivos pelos quais ela geralmente agia como se ele não existisse.

Para a surpresa e alívio de Pedro, Yolanda falou primeiro:

- Quer tomar um café?

Entre embaraço e indecisão, ele grunhiu hum-huns ambíguos que ela interpretou afirmativamente. Yolanda se levantou com displicência. Demoradamente. E, entre o pálido corredor de pele macia das coxas, sob a saia jeans, Pedro viu sua calcinha. E não foi apenas de relance. Pôde olhar o suficiente para registrar o leve volume entrecortado numa foto mental. A calcinha era azul. Exatamente dessa cor que a gente chama de azul-calcinha.

Antes que Yolanda chegasse à porta da cozinha, Pedro sentiu a pressão do sangue invadindo seu membro. Tentou se afundar no sofá, para disfarçar o pau duro. Ela voltou com o bule e duas xícaras. Entregou uma delas a Pedro, enquanto sentava-se ao seu lado no sofá. Já passava das oito e vinte – estimava Pedro, sem coragem de consultar o relógio – e nem sinal de Fabiano. Aquele merdinha insolente não tinha um pingo de responsabilidade. A reunião decisiva e ele não chegava! Aquilo estava ficando extremamente desagradável.

Ao lado esquerdo de Pedro, agora no mesmo sofá, Yolanda serviu as duas xícaras com seu café sempre amargo e sem doce. Ele desejou, por um instante, que ela tivesse entendido "Não" quando perguntou se ele aceitava um café. Era sempre um sacrifício engolir aquilo. A teoria corrente era de que Yolanda só conseguia sentir o gosto dos cigarros. De olhos fechados, podia diferenciar um Malboro de um Hollywood em qualquer dia da semana. Mas, para todo o resto, parecia não fazer diferença. Talvez isso seja normal nessas garotas que fumam o dia inteiro e praticamente não comem. Vá saber... Pedro não poderia dizer. Ele não conhecia muitas garotas – o que tornava embaraçosamente desagradável a pergunta que Yolanda lhe fez em seguida:

- Você não sente falta de uma namorada, Pedro?

- Não muita, eu acho. Às vezes...

As mãos dele tinham se transformado em dois gigantes inquietos e desajeitados nas pontas dos braços, agarrados à xícara de café como se esta fosse um galho à beira de um precipício. Agora, mesmo que ele conseguisse pensar numa resposta decente, não conseguiria dizê-la em voz alta.

- Você é um garoto atraente, Pedro. Você parece não se dar conta disso...

Com suavidade, ela colocou uma das mãos na perna dele, enquanto falava. Num gesto reflexo, ele tentou se afundar AINDA MAIS no sofá. Ela sorriu. Abaixou-se para colocar a própria xícara sobre a mesa e Pedro foi exposto a uma panapaná de borboletas coloridas sob a blusa solta, que Yolanda usava sem sutiã. Acertou-lhe um misto de conquista e embaraço, sentindo-se realmente espertão e criminoso por ter visto aquele naco de peito, coroando a calcinha que contemplara poucos minutos antes. Nenhum pensamento de que Yolanda estava ciente do que mostrava. Nenhum ás nas relações com o sexo oposto e ponto final.

Pedro voltou a brincar com as mãos, olhando para baixo. Ficaram assim por pelo menos duas músicas, tomando café. Ela levou as vasilhas para a cozinha e, quando voltou, sentou-se um pouco mais perto.

- Seus cabelos são bonitos.

Pedro tentava dissuadir o arauto da tremedeira que se anunciava sob sua pele. Os dedos de Yolanda passeavam em seus cachos e as pontas dos seus próprios dedos não pareciam poderosas o suficiente para salvá-lo. Olhar pra elas já não parecia tão fácil. Insuportavelmente desconfortável.

Mais duas ou três músicas curtas de punk durante as quais Yolanda não parecia nada incomodada, ou apressada em seu cafuné. Lentamente, foi chegando mais perto. Aquelas lésbicas do Le Tigre começaram a cantar qualquer coisa sexy e animada. Pedro sentiu a mão de Yolanda descer até sua nuca e contornar seu pescoço. Ela passou o dedo indicador por baixo de seu queixo. Com o polegar apoiado na base do maxilar, Yolanda ergueu a cabeça de Pedro em sua direção. Ela estava muito próxima. Muito mais próxima do que Pedro poderia definir apenas como alarmantemente desconfortável. Ele podia sentir seu cheiro de perfume com fumaça de cigarro. E, sobre a fina penugem imberbe de seu lábio superior, Pedro também podia sentir a brisa suave da respiração dela.

Depois de olhar pra ele com penetrante insistência, ela colocou também a mão esquerda sobre o rosto de Pedro. Essa mão caminhou até o peito, onde a pressão aumentou. Agora, Pedro já nem dava pela tremedeira incontrolável. Tentava apenas manter o cu trancado. Cagar-se agora não ajudaria muito. Não ajudaria o cu de um rato, como Fabiano gostava tanto de dizer. Ela esfregava seu peito de um lado para o outro. Desceu para a barriga, puxando a camisa pra cima. A outra mão ainda segurando seu rosto contra o dela. Quando colocou a ponta dos dedos sob a calça de Pedro, a tremedeira piorou. Yolanda sorria. Foi quando a campainha tocou.

Ela forçou a mão para dentro da calça e agarrou agressivamente o pau duro de Pedro, que abriu a boca e projetou o colo pra frente, em pânico e êxtase simultâneos. Ela segurou com força, mordendo a ponta dos próprios lábios. Apertou e esfregou pra trás e pra frente. Devagar. Firme. A campainha tocou de novo. Ela deu uma última apertada e, com a naturalidade e velocidade com que as cobras dão seus botes, saiu do sofá e andou em direção à porta. Antes de girar a maçaneta, em risos, deu uma última olhada para Pedro, que tentava se recompor.

Fabiano entrou tranquilamente. Não se importou em pedir desculpas pelo atraso, ou em fazer quaisquer outras cerimônias. Beijou Yolanda e balançou a cabeça na direção de Pedro, que já quase tinha parado de tremer. A sorte, pensava Pedro, é que Fabiano era egocêntrico demais pra reparar no que as outras pessoas faziam ou sentiam. Como um mocinho de novela, que só conhece o próprio papel, Fabiano não poderia sequer imaginar que algo interessante houvesse ocorrido na sala. Quer dizer, ele não estava lá, estava? Como algo interessante poderia acontecer no mundo se ele não estivesse lá?

A primeira providência do líder foi mudar o som. Deu alguns passos, quase apressados, na direção do computador. Como se ele não pudesse realmente estar ali até que tivesse trocado a música. Fabiano detestava Sigur Rós (que começava seu maior hit naquele exato momento). "Sigur Rós é música pra baleia," ele vivia dizendo. Ele odiava qualquer coisa que um conhecido já gostasse antes dele. E ele não estava a fim de ouvir, naquela hora (em qualquer hora), uma música que outra pessoa tivesse escolhido. Eram as regras. Se você quisesse estar com Fabiano, precisava ouvir a trilha sonora que ele montava para a própria vida.

E como trilha sonora para o episódio da reunião, ele escolheu um disco do Killing Joke, uma das 985098345098435453 bandas que ele afirmava uma das *melhores de todas*.

Agora estavam todos sentados e, sem que ninguém precisasse dizer nada, sabiam que a reunião tinha começado. Fabiano, naturalmente, foi o primeiro a falar:

- Vejam bem, eu estive ponderando sobre as opções de locação. Acho que isso ainda não ficou definitivamente *visualizado*. Está bastante claro que a escolha da locação tem relação *direta* com o sucesso do nosso projeto. Eu estava pensando em crianças. Talvez uma escola...

Fabiano, aquele biltrezinho afetado pedante. Pedro mal conseguia conter uma expressão de nojo.

- Não sei... – disse Yolanda. – Vou anotar crianças, de qualquer forma, pra seguir as regras do *brainstorming*, mas não acho uma boa ideia. As crianças têm o impacto emocional que estamos procurando, mas fico insegura em relação ao *feedback*. O que você acha, Pedro?

Alguém pedia sua opinião. Coisa mais inesperada! Inesperada, e desagradável. Ele não gostava de ser pressionado para falar. Nem gostava de participar dessas conversas com tanto rodeio. Esse teatrinho que eles inventavam pra conseguir confiança. Mas era, realmente, necessário que dissesse alguma coisa, por mais desagradável que fosse. Era esperado que ele fosse o cérebro da operação. Ao menos agora ele estava sozinho na poltrona, para que o casal ocupasse o sofá. Era mais fácil tratar com pessoas à sua direita.

- Muito clichê... – ele conseguiu dizer com certa firmeza. Crianças e velhinhos são muito clichê. Por que não escolher logo bichinhos de estimação?

Fabiano não estava acostumado a receber tiradas sarcásticas de Pedro, mas também não ofereceu resistência. Ele não era mesmo o Mestre das Ideias. Sua função principal ali era assegurar que a coisa andasse pra frente. Ele era o músculo, não o cérebro. Agora que todos pareciam concordar, Yolanda sentiu vontade de discordar novamente. Ela gostava de se considerar o Elemento Surpresa:

- Mas talvez possamos transformar crianças num *prospect* adequado pra esse *job*, se conseguirmos identificar uma situação vantajosa de valor agregado que possa sobrepujar, em alcance de público, os prejuízos de qualquer *feedback* ruidoso... O que vocês acham? Lembrei agora de uma matéria que vi no jornal por esses dias... Aquele coro de criancinhas da capital, Mais Perto dos Anjos, vai cantar no teatro. Ainda faltam duas semanas pro show. Isso nos dá tempo de organizar os detalhes. Eu conheço o teatro e sei que não vai ser difícil entrar com todo o equipamento que Fabiano comprou. As portas são grandes e os corredores são amplos. O lugar está sempre cheio de gente diferente, trabalhando nos mais variados projetos. O pessoal do teatro já está acostumado com gente carregando coisas de um lado para o outro. Além do mais, o evento já estará sendo filmado por uma equipe profissional, o que diminui bastante o nosso orçamento de divulgação.

Pedro se contorcia de raiva na poltrona. Se ela já sabia de tudo aquilo, por que só fazia a proposta agora? Por que discordara de Fabiano, em primeiro lugar? Por que as pessoas tentam aumentar a importância das próprias ideias, fingindo que elas vieram casualmente, quando foram tão obviamente planejadas? Era melhor mesmo ficar calado. Não havia muito que ele pudesse fazer agora.

- Parece que visualizamos a *locação* e o *prospect* pertinentes – assumiu Fabiano. Excelentes, até, diria eu! Bem melhor do que o planejamento prévio, que já considerávamos mesmo provisório... Mas ainda restam muitas coisas que podemos debater e *visualizar* hoje! Quando é o show mesmo, Yolanda?

- No sábado, daqui a duas semanas.

- Ótimo! – continuou Fabiano. Perfeito! Mas lembremos que isso nos deixa tempo para apenas mais *duas* reuniões. Hoje, precisamos acertar todo o prognóstico do nosso projeto... Precisamos sair daqui com nosso posicionamento inteiramente definido! O primeiro problema é o seguinte: quando vamos *cortar o bolo*?

Cortar o bolo? Pedro rangeu os dentes. Fabiano estava sempre inventando esses jargões idiotas.

- Acho que a melhor hora é no meio do show, quando o cenário atingir um platô estável – sugeriu Yolanda. No começo há muita desordem, e no final também. Acho mais fácil trabalhar no meio...

- Parece sensato... – arriscou Pedro.

- Então está decidido! Agora, quanto ao final... Esta parte eu acho *delicada*... Tenho certeza que não sou o único visualizando algo nesse sentido... Então vamos abrir logo o jogo! Como é? Depois de cortar o bolo, nós vamos *provar do creme*?

- Por que não? – Pedro disse, distraidamente.

Divagando sobre até onde Fabiano poderia descer em sacadinhas imbecis, ele lançou o desafio mais por vontade de interromper do que de participar. Yolanda sentou na ponta do sofá e bateu algumas palminhas empolgadas.

- Pedro, que surpresa! – ela disse enquanto se dobrava pra frente e lhe dava um tapinha sonoro no joelho. Eu também quero! Ai, nós vamos mesmo?

- Por que não? – repetiu Fabiano, fazendo sua melhor pose topa-tudo. Porra, achei que essa decisão tomaria mais tempo. Mas é isso aí, está na chuva é pra se molhar! Hora de comemorar! Pedro, por que você não vai até a cozinha e usa essa sua *inteligência* toda pra preparar um café? Você não quer que a Yó canse a beleza, quer?

Fabiano sempre vinha com esse k-ô. Talvez Yolanda engolisse aquilo. Talvez. Mas os motivos eram bastante óbvios. O café dela era uma merda. Quando voltou da cozinha, Pedro encontrou o casal em amassos sobre o sofá. Normalmente, essa era a hora em que ele pedia "licença pra cagar", como Fabiano também dizia. Inventava qualquer desculpa e voltava para casa. Mas hoje não. Hoje ele não podia. Não depois daqueles quarenta minutos de espera. Não suportaria uma nova repetição daquilo e já tinha decidido: era a última reunião.

- Fico pensando, benzinho – disse Yolanda, sem prestar atenção em Pedro, que enchia as xícaras. Você não acha errado que a gente tome café? Quer dizer, isso não fere um pouco a nossa proposta como *vegans*? Café, afinal de contas, também é um tipo de estimulante químico, ou droga...

- Que nada – respondeu Fabiano, dando um

tapa despreocupado num mosquito imaginário. Já conversei com um tanto de colegas meus. Um deles é até daquela banda que você gosta... Café pode tomar sim. Quer dizer, você é *fumante*, porra. E eu como carne e tomo leite, de vez em quando. Meu corpo precisa de combustível pros exercícios! Não vamos nos afundar nessa hipocrisia boba do fanatismo... O importante é visualizar o *espírito* da coisa...

- Ai, mas eu não quero ser uma dessas *vegans hipócritas* que poluem a ceninha...

Houve um ligeiro climão. Fabiano, que parecia ter aprendido alguma coisa com Pedro, afinal de contas, resolveu aquilo com um gole de café.

- Que *merda* é essa, Pedro? O que aconteceu com o seu café? Essa porra está amarga igual o da... Igual se você tivesse colocado remédio nele!

Péssima camuflada. Ela entendeu, ou pressentiu, e se ofendeu.

- O café está ótimo – rosnou Yolanda. Pare com essa frescura. Vamos lá... De volta ao trabalho! Acho que o importante é entender como as pessoas vão se relacionar com o nosso projeto... Quer dizer, o segredo é encontrar a fórmula para atingir o maior público possível. Essa fórmula está aí, pairando no ar... Só precisamos identificá-la... Pescá-la! Nós precisamos de um diferencial. Você não vai beber, Pedro?

- Valeu, mas eu já tomei café demais. Eu me sinto desconfortável, se bebo muito... Ma... Mais o que você quer dizer com esse *diferencial*? Como assim? Precisamos nos destacar *ainda mais*? Quer dizer, agora que já temos o principal, é só ir lá e cortar o bolo, não? Já temos *a faca e o queijo na mão*, não é, Fabiano? Não é assim que você diria?

- Absolutamente! – discordou Fabiano, irritado. Concordo *plenamente* com a ideia do diferencial! Como você pode dizer que é só chegar lá e cortar o bolo, Pedro? Que coisa mais conformista... Que coisa mais sem ambição! Eu não quero ser visualizado como um *mais-do-mesmo*... Precisamos nos destacar! Temos que encontrar esse diferencial que a Yolanda sugeriu. Algo pra quebrar... Driblar a saturação causada pelos projetos semelhantes que já foram feitos antes do nosso... Não quero que nosso projeto seja divulgado como apenas *mais um* daqueles grupinhos de adolescentes alienados matando criancinhas e cometendo suicídio depois. Estamos mirando num patamar diferente e precisamos EVIDENCIAR isso...

Enquanto falava, recostou-se no sofá; as pernas bem abertas e o peito triunfantemente exposto ao mundo – numa demonstração de confiança, em sua postura corporal, que seria inimaginável para Pedro.

- Agora temos uma boa *base*. Estaremos matando criancinhas *famosas*, num evento *filmado*. Talvez dê pra matar também uma parte da plateia, antes de provar do bolo... Talvez até trancar o teatro e executar *todo mundo*! Quem sabe? A polícia com certeza vai demorar a fazer alguma coisa e nós estaremos muito melhor equipados do que eles... Temos todas as vantagens, Pedro! Mas como você pode dizer que agora é *simplesmente* chegar atirando? Todo mundo já fez isso! E o desgaste? E o nosso *orgulho*? Não somos apenas mais algarismos nos livros de estatística... Nós somos superiores! Diferentes dessa *gentinha* que não conseguiria diferenciar Turma da Mônica de *Lichtenstein*! Não é à toa que nós sejamos de famílias ricas, num mundo de pobretões invejosos. Nós somos melhores e precisamos *provar* isso! Temos que fazer o projeto realmente significar alguma coisa maior... Algo para nos distanciar do metaleiro caipira mongoloide que sai atirando a esmo. Precisamos de uma ideia *arrojada*... Pedro, você não disse nada de útil nessa reunião. Toda hora olhando pro relógio! Que porra é essa? Você está ainda mais esquisito do que normalmente é...

    - De... Desculpe, cara. Estou mesmo um pouco disperso...

    Yolanda deu um bocejo.

    - Mas tem uma ideia crescendo na minha cabeça, há alguns dias ... – continuou Pedro. Acho até que... que vocês vão se interessar bastante. Mas ainda não está na hora... A gente precisa esperar que os eventos se desenrolem mais um pouquin...

    - Isso fere as regras do *brainstorming*, Pedro! – interrompeu Yolanda. Você tem que falar qualquer ideia que vier à cabeça, sem pensar numa análise posterior... Qualquer assimilação é válida e deve ser compartilhada com o grupo. Isso não é apenas uma viagem na maionese... É um método comprovado para ampliar ao máximo a eficiência do planejamento...

    Ela foi diminuindo o ritmo, enquanto falava. Percebendo algo estranho que invadia seu corpo. Um peso, ou uma leveza, que chegava rápido como um solo do Metallica. Fabiano sentia a mesma coisa. Houve silêncio. Apenas Pedro sorria. O casal trocou olhares de compreensão. Antes de apagar, o rosto de Yolanda quase se iluminou com a descoberta.

    - O café! Pedro... Você...

    Fabiano tentou se levantar, mas os joelhos pareciam nunca ter estado lá. Num esforço monstruoso, conseguiu apenas derrubar o próprio corpo no chão e esticar os braços na direção da poltrona, antes de tombar inconsciente sobre o tapete da sala.

BRUCE BRUBAKER — MAD RUSH

Enquanto retomava os sentidos, Yolanda começava a reconhecer, com dificuldade, os objetos à sua volta. Quanto tempo no escuro do sono químico? Impossível dizer. A televisão estava ligada. Fabiano, sentado ao seu lado, já estava acordado. Ele ainda tentava se soltar das correias, ou arrebentar o sofá, com intermitentes trancos. Apesar da mordaça, grunhia ruídos desesperados.

Yolanda fez um esforço enorme para se concentrar e avaliar a própria situação. Investigando as grossas correias de couro que abraçavam seus pulsos, braços, peito, pernas, tornozelo... Elas desapareciam no estofado arruinado do sofá e estava claro que também abraçavam a armação de madeira. Sabe-se lá mais o quê... Resistência, ali, não ajudaria o cu de um rato.

O casal estava nu e a garota percebeu uma sensação familiar, uma gosma conhecida, no meio de suas pernas. Seu cu estava doendo. Seu peito mordido. Enfurecida, começou a chorar.

Um fato curioso – do qual Yolanda nunca ficaria sabendo – é que o cu de Fabiano também doía.

Pedro – agora o anfitrião – sorria, sentindo-se mais confortável. Quando percebeu que Yolanda estava desperta e que também tentava se libertar, desligou a televisão.

- Os pombinhos já acordaram? Que bom! Agora acho que podemos conversar sem falsidade, como verdadeiros amigos... Acho que a gente nunca foi, realmente, amigo. É ou não é verdade? Éramos cúmplices, ou sócios... Havia sempre uma distância muito chata... Sejamos verdadeiros e bons amigos!

Ele foi até o computador e colocou seu próprio disco: Bruce Brubaker tocando composições de John Cage e de Philip Glass. O nome do disco era *Glass Cage*, quer dizer, quão inteligente era aquilo? Fabiano detestava piano e Pedro sabia disso. Mas você perde autoridade sobre o som quando está amordaçado no sofá.

- Agora que tenho a atenção de vocês, posso dizer aquelas coisas interessantes que venho elaborando nos últimos dias – disse Pedro, enquanto voltava para a poltrona. – Bem, é basicamente uma questão de quantidade versus qualidade.

Seu tom era profissional e essa aura de eficiência era amplificada pela maleta que ele pegou ao lado da poltrona e foi destrancando sem pressa. Depois de liberar os trincos, exibiu o interior da valise para Fabiano e Yolanda, que aumentaram a intensidade de suas inúteis tentativas de se desprender das correias. O que eles viram dentro da maleta eram instrumentos estranhos, ainda que ligeiramente familiares. Um leigo não poderia dizer exatamente como funcionavam, ou mesmo para que tinham sido originalmente criados. As lâminas, no entanto, eram particularmente sugestivas e nenhuma alma sensível gostaria de deparar-se com tais objetos naquele contexto.

- Vocês querem atingir as massas – continuou Pedro. – Querem atenção. Um circo com trapézios e arquibancadas aplaudindo suas macacadas. No começo, eu até pensei que poderíamos conciliar nossos interesses, mas essa ilusão acabou faz tempo.

Ele não estava com pressa e, pela primeira vez desde que chegara ao apartamento, sentia-se completamente à vontade. Nem mesmo se preocupava em afundar na poltrona para disfarçar o pau duro.

- Você acham que são diferentes e superiores, mas não são. – Fabiano e Yolanda ouviam naturalmente calados, ou gemendo um pouquinho, enquanto tentavam se libertar das correias. – Vocês são gente pop. Sempre pensando em como atingir um espelho íntimo nos corações dos outros. Você são todos iguais. Nada de sentimento interior. Sentimento interior é algo que vocês esperam que os outros sintam por vocês. Um chiqueiro de oportunismo e vaidade. Exibicionismo! Vocês não podem compreender. Vocês têm a alma suja e só enxergam os próprios umbigos. Eu posso ver o universo... Eu vejo... Quarenta e seis e dois... Eu posso ver... Vocês não estão prontos para entender a Verdade, mas servirão como instrumentos do meu projeto, de uma forma ou de outra. O destino é inexorável. Isso já estava escrito, eu apenas demorei pra entender como...

A expressão vazia e perturbada que ele adotara progressivamente, enquanto falava, agora foi suplantada por um sorriso sarcástico e diabólico. Ele sabia muito bem onde colocar as mãos. Seus dedos deslizavam sobre os instrumentos dentro da maleta como se fossem irresistíveis bombons de chocolate.

- Eu não sou como vocês. Não preciso que as outras pessoas compreendam. Apenas os Grandes compreenderiam... Mas digamos que, no final, eu encontrei aquele diferencial que vocês estavam procurando. Não é assim que vocês gostam de falar? É... É assim mesmo... Então digamos que é uma questão de público-alvo. Vocês têm alma de comerciante. Só querem vender alguma coisa pras manchetes. Qualquer coisa chamativa pra atrair as massas... Vocês não passam de ridículos publicitários. Eu, por outro lado... – ele explicou, enquanto escolhia uma pequena lâmina curva entre os tesouros da maleta – Ah... Eu sou um artista!

Lemúria nunca existiu

JUSTAMENTE AGORA que sento para escrever aos amigos, numa tentativa de explicar meu comportamento anômalo durante os últimos meses – neste momento em que eu tinha a certeza de saber exatamente o que dizer – sou alcançado por insights inesperados que disputam minha atenção.

Percebo neste momento – e sinto necessidade de dizê-lo – que a vida não pode ser realmente diferente de um texto. Analisando retrospectivamente o que sentei para escrever, por exemplo, compreendo que tudo caminhou exatamente como caminharia qualquer linha no papel.

O arquiteto encontra arquitetura num relacionamento amoroso e o matemático enxerga equações no crescer de galhos em uma árvore. Pelo mundo inteiro, paranoicos dedicados têm se divertido relacionando qualquer acontecimento ao número 23 – e as repetições fractais em nosso mundo são tão impressionantes que até quando a gente se concentra nas duas paranoias numéricas mais significativas, o número 23 e a Lei dos Cinco (todas as coisas acontecem em cinco, ou são divisíveis ou multiplicáveis por cinco, ou estão de certa forma direta ou indiretamente ligadas ao 5), as duas estão repetidas uma na outra e se complementam na cabeça dos obcecados, porque 2+3=5.

Há de fato padrões que se repetem em tudo, e nas estruturas mais profundas todas as artes e atividades se parecem. São padrões que se repetem. Repetem. É o mundo num grão de areia, o paraíso numa flor etc. É possível encontrar de tudo em tudo e cada um busca pelo que já conhecia. Sento para escrever, escrevo há anos, e talvez seja apenas uma consequência que na vida eu enxergue um texto.

Tudo começa com uma única letra – um pequeno fragmento simbólico que se destaca e delimita possibilidades. Então outras letras vão surgindo; formam-se blocos de sentido. Existem pontos e espaços. Parágrafos e capítulos. A vida não pode ser realmente diferente de um texto. Pequenas unidades que continuam chegando enquanto se repetem e se renovam – trocando de lugar e de ordem – compondo uma comédia, uma tragédia; uma história qualquer.

Com a minha própria história em mente, posso acrescentar que a vida *nem sempre* conta uma história articulada, linear e gramática. Ou você nunca experimentou momentos perfeitamente ----------, ou ...., ou até mesmo   ? Nunca sentiu-se num estado prolongado de ?!?!?!?!?!?!?!?!??

Mesmo que você não seja um leitor muito atento de si mesmo e que nunca tenha reparado nisso, é confiável supor que a sua vida também deve estar repleta desses espaços confusos; séries de fragmentos aleatórios e desconexos – irrelevantes ou não – que existem como que formados (ou escritos) pela mente delirante do próprio caos. Eu, pelo menos, tenho certeza que estou prestes a lrsu0i1mui2risea2b...

É difícil compreender a vida, com todo esse barulho sem sentido. Difícil tomar decisões e agir acertadamente. Planejar um futuro. Mas sentar-se para escrever o que passou é quase cômodo... Basta dizer que, ao escrever, já sei o que busco. Eu posso encurralar um sentido para o que me aconteceu como um grupo de caçadores se movimenta organizadamente para cercar uma presa. Escrever é rastrear entidades numa floresta de símbolos.

Tive que levantar da cadeira. Eu estou tão atento que não consigo me concentrar em nada. Eu queria fugir, mas para onde?

Já nem me espanta que o resultado da minha digitação aleatória, poucas linhas atrás, possa ser rearranjado para formar "lemuria 2012 sirius b".

Não me espanta que algo em mim tenha produzido tamanha coincidência, ou mesmo que eu a tenha percebido escondida naquelas letrinhas assim que voltei para a cadeira.

Eu queria fugir, da mesma forma que eu queria voar. Não é uma vontade prática. Está dentro de mim. Esse tipo de acontecimento tem se tornado normal e, pela primeira vez, é muito conveniente – já que nesse lrsu0i1mui2risea2b que eu vomitei embaralhado encontram-se justamente os principais elementos do assunto sobre o qual pretendo escrever.

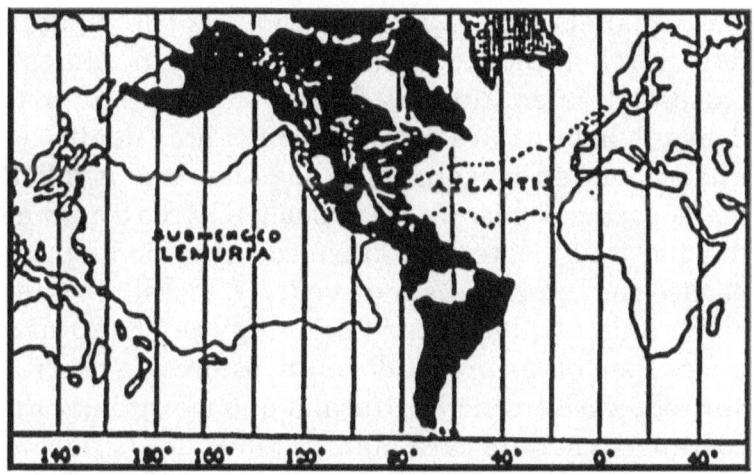

Lemúria nunca existiu – é tão simples!

Incrível que uma frase tão curta e direta con-tenha – basicamente – tudo aquilo que eu queria dizer. Lemúria nunca existiu. Pronto.

Infelizmente, reconheço que essa afirmação tão completa não possa significar muito mais do que lrsu0i1mui2risea2b para qualquer um dos amigos a quem envio esta carta. Além do mais, essa única frase também não poderia explicar meu comporta-mento anômalo nos últimos meses.

A janela está fechada, porque faz frio. Apesar dos vidros duplos, o som de passos e esporádicas frases soltas em línguas diversas chegam da madrugada lá fora para me fazer companhia dentro do quarto, onde revezam-se os sons das teclas e dos meus próprios passos. Há fumaça e livros espalhados por toda parte. Um cinzeiro entupido disputa espaço com uma garrafa de vodca, o monitor e o teclado na mesinha ao lado do computador. Eu não quero nem olhar pros lados num esforço de descrever toda essa tralha bagunçada que me circula. Eu costumava ser um cara mais organizado. Já parece uma outra vida.

Hoje eu fico triste se penso na minha cidade natal, na minha família e nos tantos amigos queridos que abandonei para abraçar o meu sonho de mochileiro. Meu plano era voltar, talvez em mais um ano, ou dois anos. Já fazem alguns anos que eu penso "mais um pouco" e nesse meio-tempo eu descobri um estado de espírito que seria impossível imaginar da minha prévia existência estável e previsível — algo que se alimenta da estranheza arquitetônica que me causam essas vigas de madeira centenária formando um teto triangular neste quarto europeu com cheiro de outro mundo; algo que dá sentido às músicas piegas sobre saudade dentro do peito.

Um amigo em particular, de quem eu sinto muita falta (talvez meu melhor amigo de todos os tempos) é fundamental para este registro. Foi ele quem me infectou. Nenhum de nós poderia imaginar, naquela época, que era uma maldição; a culpa não é *dele*, nem de ninguém que tenha influenciado a nós dois com besteiras. Somos todos vítimas indefesas. Meu amigo apenas montou uma cena de crime à minha frente. E ele era tão puro, que naquele crime ele via um ritual sagrado. Era uma missa negra, mas ele só via missa. Apenas alguns de vocês o conheceram e é preciso falar dele.

Eu e meus amigos daquela época éramos umas traças – dia e noite debruçados sobre livros. Mas esse cara, em particular... Porra, ele era muito mais dedicado e avançado que qualquer um de nós. Sintonizado com essa coisa toda da "mente coletiva de vanguarda", sei lá... Ainda num mundo pré-internético, quando Bukowski provavelmente ainda não era cultuado em qualquer lugar fora dos Estados Unidos, o meu amigo já lia seus livros e os emprestava para mim – numa pequena cidade de interior, perdida no meio do Brasil. De Bukowski ele espremeu John Fante. Naturalmente, por aí, já conhecíamos Kerouac... Eram isso as nossas novelinhas de infância e logo nos tornamos uns moleques contemplativos, maravilhando-se com trajetos sucessivos de gênios em estradas paralelas. Foi dele que consegui meu primeiro Aldous Huxley pra ler, depois que ele já tinha lido tudo. Eu pegava os restos. Estou falando de um cara que conversaria profundamente sobre filosofia onde todos poderiam apenas mentir um "só sei que nada sei". Ele comentava episódios envolvendo Sócrates como as pessoas à minha volta comentavam a vida das celebridades, ou os heróis de revistas em quadrinhos. Ele me apresentou Huxley, Rubem Fonseca, Umberto Eco, Jorge Luis Borges, Dostoievski, Nietzsche, Proust, Faulkner... Todos meus escritores favoritos, ele leu antes de mim.

E era a mesma coisa com música e com cinema... Sempre um passo à frente; sempre trinta metros mais fundo que todo mundo.

Embora os fenômenos no tudojuntoaomesmotempoagora sejam mais complicados que esta afirmação simples, seria bastante justo dizer que a primeira inspiração para me tornar um escritor veio desse amigo. Ele costumava escrever também. O melhor poeta que eu já li. E sinto certa segurança – talvez um pouco temerária – de que não estou dizendo isso porque ele era meu amigo. Creio ter lido o suficiente para desenvolver, ao menos, um ponto de vista objetivo sobre livros e textos. Eu simplesmente tive a grande sorte de nascer e crescer perto de um desses incríveis gênios desconhecidos. Tive o privilégio de ser seu amigo. Muitas coisas que ele escreveu, ou disse, eu carrego como tatuagens sobre a pele da lembrança.

Num exemplo rápido e significativo, ele me disse uma vez (enquanto tentava me convencer a acompanhá-lo numa festa um tanto quanto cabulosa):

"Não existe literatura experimental, Daniel, sem uma vida experimental."

Eu tenho vivido sob essa lei, desde então. Não porque foi um amigo quem disse, mas porque me pareceu justo. E era justo. Era lindo experimentar, admirar e conhecer. Eu repito, como os padrões que se repetem naturalmente no mundo: nenhum de nós dois poderia imaginar que o conhecimento se transformaria numa maldição. Quem, nos dias de hoje, levaria a maçã a sério?

Eu repito e repito: ele foi o melhor poeta que eu já li. Ainda assim (talvez precisamente por causa disso) aos 27 anos de idade ele não tinha um emprego. Vivia com os pais, fumava quase dois maços por dia – mais montanhas de maconha – bebia, sentia-se rejeitado pelo mundo e a metade dos nossos conhecidos em comum ainda pensa que ele era doido.

Estou a milhares de quilômetros de casa, neste quarto claustrofóbico. Tenho seis fones de ouvido e uso todos eles. Pequenos fatos e histórias sobre meu amigo vêm chegando de longe, como o som crescente de um mantra que se revela enquanto nos aproximamos do templo onde, sobre o sino, dorme uma borboleta... O sino toca, a borboleta voa e descobrimos que, infelizmente, não éramos nós. Estou divagando. Meu amigo. Alcides. A habilidade que ele tinha de juntar pedaços... Coisas que ninguém ainda poderia perceber...

Um exemplo rápido:

A gigantesca onda antitabaco que se espalhou pelo mundo nos últimos anos foi uma campanha tão persuasiva e bem sucedida, que um adolescente hoje em dia poderia acreditar que essa visão intolerante em relação ao fumo sempre foi um fato social. Não foi. Fumar era considerado elegante. Ninguém pensaria em *repreender* um fumante. Logo nos primeiros anos dessa campanha, ainda na fase de transição, eu ouvi da boca desse meu amigo, pela primeira vez, uma longa e elaborada teoria sobre como a simples ideia de se tornar um viciado e o medo das dificuldades de abandonar o vício estavam aumentando nos fumantes novatos a dependência pelo tabaco.

"Qualquer garotinha burra com trinta camadas de maquiagem," ele diria finalmente, "e com suas estilosas tatuagens punk da moda senta escondida da mãe e tenta sua primeira tragada – essa é a cena! O primeiro cigarro. Ela fica tonta e olha pra brasa do cigarro. Pensa pra si mesma: '*Já era... Eu sou fumante. Caí no vício! De agora em diante, eu preciso traçar linhas negras em volta dos meus olhos e adotar uma ligeira expressão* blasé *de derrotada quando for para o colégio...*' E ninguém acredita mais que pode simplesmente deixar de fumar, mesmo que eles ainda nem estejam viciados!"

Pouco antes que eu viesse para a Europa – quando tudo começou – entre baseados, cigarros e garrafas vazias de cerveja ele me emprestou O Despertar dos Magos, de Louis Pauwels e Jacques Bergier. Ele também estava obcecado com Charles Fort, o pesquisador norte-americano do inexplicável, do oculto e dos fenômenos anômalos.

É importante que você entenda duas coisas agora, para que todos meus esforços de explicação honesta não caiam no ridículo da descrença (tão comum numa sociedade pronta a negar tudo aquilo que não possa ser imediatamente encontrado entre os velhos arquivos intitulados "Aquilo no qual eu já acreditava antes").

Não tem nada de sobrenatural no fato de que um caipira esquecido nas vastas sombras criadas pelos holofotes tenha desvendado um enigma que vem desafiando publicamente a milhares de gênios e sábios através dos séculos. Tudo que é verdade pode ser descoberto por alguém. E não há, igualmente, nada de espantoso no fato de que tal descoberta tenha passado despercebida por todos para desaparecer, junto com seu autor, nas grandes avenidas congestionadas da informação e dos corpos.

Foi o que aconteceu, e é apenas natural que tenha sido assim, porque:

1) Estou falando de um cara que não sabia nada nem de matemática e que, um ano depois do primeiro livro relacionado, entendia Einstein. Um cara que demonstrou curiosidade sobre Shakespeare e que, poucos meses mais tarde, discutia comigo relações complexas sobre a obra desse escritor pelo telefone, enquanto afirmava que havia descoberto razões para acreditar que Marlowee (e não Bacon) era, de fato, a verdadeira identidade por trás dos livros escritos com o pseudônimo de William Shakespeare. Se ele tivesse nascido de pais ricos e rigorosos – "disciplinares" – certamente teria seguido uma carreira de "gênio profissional". Meu amigo se aprofundava em qualquer assunto com uma intensidade, velocidade e habilidade que é simplesmente inacreditável para a maioria de nós. Há um número imenso de pessoas medíocres sob os holofotes, e um número similar de gênios despercebidos. Já dizia Balzac: "Se muitos tolos passam por homens superiores, eles compensam o número de homens superiores que passam por tolos, de modo que o Estado social tem sempre a mesma massa de capacidades aparentes."

2) Não vivíamos em MONTMARTRE, em VIENA, em NEW YORK, ou qualquer coisa desse tipo... Na minha cidade natal, se você disser "Nietzsche", as pessoas vão te responder "Saúde!". E ali estava meu amigo, perdido no meio do nada, solto no mato, elaborando quebra-cabeças, completamente desatento e desinteressado pelo que as outras

pessoas podiam ou não podiam compreender.

Se algumas pessoas de raciocínio complexo aprendem a diferenciar os públicos – e só falam complicado a quem tem ouvidos complexos – meu amigo nunca descobriu essa diferença, porque em nosso universo limitado de interior simplesmente não havia público complexo o suficiente para o que ele dizia.

Entre ficar calado todo o tempo e dizer qualquer coisa que ele pensasse para qualquer um que estivesse por perto, ele preferia falar. Eu já presenciei meu amigo dizendo coisas como:

"Hum... E toda essa coisa aí do Shrek, por exemplo, não passa de outra referência fálica em filmes infantis... Shrek não é nada além da pretensão de criar uma obra-prima fálico-filosófica digital, apresentada da mesma forma que toda a filosofia começou: o diálogo!

"Shrek representa o Homem, tentando viver sua vida pela sua própria lei... Um homem que pressente sua profundidade e se perde dentro dela... É significativa a referência que ele faz à clássica comparação, que é tão velha quanto o taoísmo, entre o indivíduo e uma cebola, com várias camadas e nenhum centro... Shrek representa o Homem e o Burro representa seu pênis – irritando e iludindo o pobre coitado, enquanto, ao mesmo tempo, serve de conexão entre ele e o mundo lá fora... Se você pensa sobre isso, é bastante claro que o Eddie Murphy se parece com uma piroca..."

Um detalhe importante sobre esse episódio é que meu amigo não estava dirigindo sua teoria a um nerd adolescente que frequenta fóruns de Internet; ele estava conversando com um velhinho caipira, num ponto de ônibus! Você podia ver na cara do coroa que ele nem sabia que merda era esse tal de Shrek. Ele obviamente não compreendia a palavra "fálico", nem parecia muito interessado em entabular conversação com um moleque punk inconformado que, provavelmente drogado e influenciado pelo comunismo, escarrava toda aquela bobagem imoral e subversiva sobre uma piroca...

Meu amigo, com muita frequência, também daria respostas ultraprofundas e ultracondensadas para qualquer tipo de pergunta. Ele não costumava falar como uma pessoa normal; por isso a sua poesia é tão notável. Ele criou um novo tipo de linguagem, através da qual ele podia dizer mais do que as asneiras robóticas insignificantes que as pessoas geralmente usam para se comunicar. E na maior parte do tempo, ninguém tinha a menor noção do que ele estava falando – de forma que era impossível, para eles, diferenciar os momentos em que meu amigo estava de brincadeira dos momentos em que ele dizia algo sério que simplesmente soava engraçado.

Como ele sempre foi muito querido por todos, suas idiossincrasias nunca chegaram a incomodar ninguém. Eles diriam, rindo, coisas como: "Esse cara é doido!" e ele diria algo ainda mais absurdo, então todos ririam mais e beberiam mais e iriam todos dormir.

Então foi isso que aconteceu. Ele encaixou as peças de um enigma do ser humano, enxergou uma oração onde havia bruxaria e ninguém, além de nós, viu nada disso.

E eu me sinto na posição de uma ninfomaníaca que pegou AIDS – obrigada a maldizer os resultados de uma vida rica no que lhe dava mais prazer. Porque eu e Alcides éramos amigos há muito tempo. Eu segui, basicamente, as mesmas pegadas culturais do seu caminho, alimentando-me dos restos que ele atirava no chão para ocupar-se com outros cinco livros enquanto eu lia aquele – então eu tenho orgulho de ter desenvolvido uma habilidade ímpar como intérprete da maior parte daquilo que ele falava ou escrevia. Alcides me presenteou com uma vida rica e, abastado, eu me fodi.

Naquela época, era uma maravilha. Eu tinha uma nascente de bons livros, boas conversas, um bom amigo e podia compreender o melhor poeta que já li até hoje. Mas então eu fui embora e, depois de algum tempo carregando minha mochila de um país para o outro, através dos nossos e-mails, comecei a notar que nossos interesses, conhecimentos e caminhos estavam se bifurcando. Como eu não estava mais por perto – para pegar emprestados os livros que ele lia e para ouvir dele as conclusões e insights que me permitiriam acompanhar seu desenvolvimento – foi um sentimento triste perceber que eu estava me distanciando dos meus amigos em algo maior que o espaço.

Meu amigo se dirigia a um nível de compreensão das coisas que simplesmente não estava aberto pra mim. Foi um sentimento triste e, além de triste, eu me senti pequeno. Eu era, literalmente, um idiota.

***

Então vieram os homens-lagarto reptilianos mutantes e os Illuminati. Smithsonian. O Grupo Bilderberg... Fósseis escondidos de homens gigantes. Manipulações genéticas. Civilizações antigas. Vieram os místicos lemurianos e toda uma vasta rede de interpretações alternativas do mundo em que vivemos, comumente chamadas de "teorias da conspiração".

"Bem", ele diria, "num mundo onde a maioria é alienada e a única certeza sobre nossos líderes é a de que eles estão mentindo pra você, eu não posso compreender como uma teoria da conspiração seja vista como algo além de um tesouro! Além do mais, mesmo entre as pessoas sinceramente honestas quanto às suas crenças, bem... As chances são de que elas nem saibam do que estão falando..."

É claro que ele não diria EXATAMENTE estas palavras que eu escrevi... Essa é a minha TRADU-ÇÃO do discurso dele. ELE diria algo como "Paranoia é credibilidade, *man*... Pelo menos mostra que você sabe pensar e que não está pensando em colocar um preço no meu cu... No mais a mais, na senzala, crente que fala 'Deus' tá falando 'eu mesmo'..."

Percebo agora que, em transe, tenho tomado tempo demais pra dizer qualquer coisa. Sinto até vergonha de roubar sua atenção pra tagarelar à toa — me desculpem... Por favor, perdoem a verborragia de um pobre moribundo, hahaha... Qualquer banalidade parece apoteótica quando se prostitui com maquiagem linguística. Não é nada novo, ou dramático — essa coisa de estar morrendo. Sempre me senti morrendo. Agora mesmo, enquanto escrevo, estou morrendo. E se você lê, está morrendo também. Viver é estar morrendo.

E depois de tanto frio, eu me aqueço com essas memórias bobas... Estou caminhando em direção ao ponto, mas agora tudo me parece bem e não estou com pressa. Peço sinceras desculpas, mas a razão da minha demora também está em você. Você aí, lendo. Você provavelmente é meu amigo e eu sinto a sua falta. Mesmo que eu te encontre todos os dias, eu sei que não será para sempre — eu sempre soube — eu sei que nem mesmo será por muito tempo. E enquanto apertava sua mão, ou ouvia sua voz, por dentro eu sempre me despeço e já sinto saudades. Então, por favor, tolere alguns parágrafos inúteis nos quais faço meu banquete.

Se eu pudesse, agora, eu abraçaria você. É piegas, eu sei, mas estou morrendo. Já disseram por aí que somos todos Homens e que nada humano pode nos ser estranho. Espero que vocês sejam capazes de se identificar com um amigo que sente saudades. Eu, aqui do meu lado, vou tentar me identificar com você e contar a história mais rápido.

Tentei acompanhar, à distância, o progresso de Alcides, mas era impossível. Além da falta de contato direto, o caminho que ele tomava despertou, em minha sensibilidade, um reflexo de hesitação. Algo em minha alma caipira guardava incômoda suspeita em relação a toda essa conversa de teorias da conspiração. Um medo primordial que qualquer ignorante pode sentir quando entra em contato com o Mistério. Certas coisas são bizarras demais, e apenas ler sobre elas já causa uma espécie de repulsa misturada com fascínio.

Meu amigo claramente só considerava o fascínio e parecia descer mais fundo do que eu jamais o vira descer; completamente submerso em pesquisas sobre documentos confidenciais, relatos inacreditáveis e continentes perdidos.

Eu fui mais influenciado pela repulsa e admito, envergonhado, que fico assustado até com o Slenderman, que meu amigo não teve oportunidade de conhecer. Ainda assim, um capetinha no meu ombro argumentava que, para a maioria das pessoas, a filosofia também parece inútil e suspeita... Filosofia é o tipo de coisa que "enlouquece os outros..." Quem busca a sabedoria não poderia condescender com esse tipo de preconceito intelectual.

Seria avesso aos meus princípios levantar qualquer tipo de crítica contra os estudos aos quais meu amigo se dedicava cada vez com maior obsessão e profundidade. Ele era muito mais inteligente do que eu. O provável é que fosse eu o idiota, julgando o livro pela capa.

E ele era meu melhor amigo — de forma que, apesar de tudo, ainda tentei segui-lo. Talvez houvesse realmente algo de fantástico e maravilhoso escondido ali, à vista de todos. Mas eu tinha trabalho por fazer, mulheres para cantar, praias para visitar e não poderia acompanhá-lo em tempo real. Eu era um boi atrelado ao arado, com a minha mochila, tentando acompanhar um bode selvagem na escalada de um muro.

Não é nada fácil aventurar-se além da companhia confiável e confortável da ciência convencional. Estudar alquimia, por exemplo, é muito mais complicado do que estudar matemática. Alquimia, eu acredito, é o terreno mais difícil no campo da literatura.

Se você estuda matemática, pelo menos você sabe quais livros deve ler. Uma coisa leva a outra e você simplesmente precisa seguir... Há pessoas realizando testes por todo o mundo; discutindo sobre eles. Essa discussão pública acaba por descartar a maioria dos livros inúteis.

No campo das ciências ocultas, por outro lado, você não pode separar o joio do trigo antes de tê-lo examinado pessoalmente. Quase todo escritor canalha no mundo está publicando bobagens sobre fenômenos paranormais, magia e o escambau... E a verdade é que um olho ignorante não será capaz de diferenciar a purpurina do ouro – os oportunistas dos verdadeiros magos.

Eu poderia anexar a esta história alguns textos zen budistas, num exemplo mais singelo, que são extremamente profundos e significativos pra mim e para a imensa comunidade vinaya ao longo dos séculos, enquanto parecem um apanhado de bobagens incoerentes para a maioria das pessoas. E literatura zen é muito mais fácil que estudar alquimia.

Quem escreve sobre zen *quer* que você entenda.

Eles falam numa linguagem avançada – elevada demais para um pensamento mundano – mas eles só fazem isso porque discorrem sobre fenômenos que ultrapassam o pensamento mundano. Apesar das dificuldades, no entanto, eles *querem* que você entenda.

Os alquimistas, uheauhaehuea, eles tentam *esconder* a coisa de você... Eles não querem que aquele conhecimento abandone o círculo, você entende? Eles querem te deixar de fora...

E quantos alquimistas – quantos alquimistas VERDADEIROS – podem existir simultaneamente no mundo? Se há quem argumente que eles se tornaram imunes ao tempo (que descobriram como transmutar o próprio corpo) estou falando sobre os primórdios da alquimia; dos antigos alquimistas que nos deram a imagem popular do simpático mago de barba branca e chapéu pontudo...

Quantos deles poderiam existir simultaneamente no mundo, numa mesma época?

Se eles quisessem trocar correspondência apenas entre si, o correio não ajudaria muito... Eles precisavam escrever publicamente, em código, através das eras... E o código que eles usam é um código impenetrável pra caralho. É um código simples, mas escondido alto demais... A salvo das mãos de crianças desajeitadas.

A forma de quebrar o código dos alquimistas é muito simples, na verdade. Você apenas precisa seguir um determinado caminho, que todas as respostas estarão lá. Se você segue o trajeto completo até o ponto de chegada, você será recompensado. É praticamente como nadar de uma margem à outra em um rio. Você eventualmente chegará lá, desde que continue batendo os braços e as pernas...

O problema nisso tudo não é o caminho – é a distância.

Você precisa acumular sabedoria. Precisa se tornar mais e mais sábio, e mais e mais sábio... Você precisa aprender sobre tudo à sua volta e, depois, aprender a relacionar isso tudo. Aprender sobre o mundo. Descobrir os segredos do mundo... Esqueça toda a bobajada que você aprendeu na escola... "H" é hidrogênio... "O" para oxigênio... Tudo merda... Tente REALMENTE entender enxofre... Conhecê-lo por sua cor, seu cheiro e tantas outras propriedades... Saber o que acontece quando ele é exposto ao fogo, ao gelo, ao sol, à lua... CONHECER enxofre. E conhecer ouro, chumbo, carbono, estrelas, pedras, plantas, seus próprios olhos... E destilar água milhares e milhares de vezes esperando pelo milagre misterioso e intransferível de saber mais e mais e mais e mais e mais e mais e mais *ad infinitum*... Você empurra e empurra e empurra e força a expansão da sua mente... Você faz com que ela exploda! E se você chega lá – ou enquanto tem um vislumbre dessa parte do mundo e da Mente – você pode compreender o que eles estão dizendo. É exatamente como nadar de uma margem à outra...

Exatamente como nadar do Brasil à África, eu acredito.

Meu amigo, até onde sei, já estava correndo de bicicleta através da China.

Mas ele não estava realmente interessado em alquimia – essa fase já tinha passado. Sua obsessão agora era Lemúria. O continente desaparecido que teria sido o lar terreno do povo gigante e poderoso que veio de Sírius B e está profundamente relacionado com a história da vida na Terra.

Lemúria e Sírius B são como o número 23 e a Lei dos Cinco. É fácil encontrar relações entre essas duas entidades e quase tudo o mais, sendo que algumas das ocorrências de destaque são realmente curiosas.

Basta dizer Dogon. Seria apenas dizer Dogon e acabou. Perceba, Sírius B é invisível a olho nu. A gente pode ver Sírius, mas a sua estrela companheira é invisível e só foi deduzida por um astrônomo alemão em 1844, através das anotações rigorosas dos movimentos da estrela em evidência. Apenas vinte anos mais tarde um telescópio confirmaria que havia duas estrelas onde enxergávamos apenas uma. No entanto para os dogon, uma tribo de descendentes dos egípcios, no Oeste da África, a segunda estrela era conhecimento corrente, pois fazia parte de sua estranha religião, que inexplicavelmente descobriu-se similar a várias outras religiões de outras tribos esquecidas e isoladas em partes aleatórias do planeta. Foi só em 1930 que Marcel Griaule e Germain Dieterlen, dois antropólogos franceses, atraíram a atenção de alguns curiosos com os relatos que colheram de quatro padres dogon. Como um povo sem aparelhos astronômicos poderia ter em sua cultura, mantidos por quase 5 mil anos, conhecimentos tão profundos e precisos sobre essa estrela que, para eles, de outra forma, não estava lá?

A explicação dos padres era muito simples. É claro que eles conheciam Sírius B e seu período orbital, que leva 50 anos (50,4 de acordo com nossos cientistas mais equipados e rigorosos). Os deuses haviam vindo de lá e eram os próprios deuses que os haviam contado. Eles conheciam aquele sistema inteiro, inclusive uma terceira estrela da qual todos duvidavam, até 1995, quando estudos orbitais sugeriram que de fato pode haver uma anã marrom em volta de Sírius.

Eu entendo que um campônio de 5 mil anos atrás, e seus descendentes, chamem a esse povo lemuriano de deuses, mas que Alcides pensasse neles assim ainda não me desce. Ele escrevia dizendo que os gigantes mantiveram uma habitação alternativa na Terra por algum tempo – dentro do Monte Shasta – depois que o continente se foi. Estava fascinado com o que ele chamava de sábios lemurianos e insistia que ainda estão acessíveis, em contato conosco, de alguma forma.

Ele me escreveu:

(Na verdade, tenho certa relutância em transcrever as palavras brutas desse meu amigo. Acredito que elas promoveriam confusão e é importante que você entenda – de forma que vou TRADUZIR o que ele disse para a minha linguagem; que é muito mais pobre, simples, lógica e descritiva... Mas preciso admitir, a bem da verdade, que ainda hoje algumas partes do texto dele me são obscuras)

"De alguma forma, eu tenho certeza que eles ainda estão por aí... Em algum lugar desconhecido para o ser humano – mais provavelmente num lugar impossível de ser conhecido pelo ser humano através da simples busca no espaço... É certo que eles nunca permitiriam uma repetição do que aconteceu no Monte Shasta.

"O Dr. Harvey Spencer Lewis, uma das supostas autoridades sobre o assunto, sugere que após os incidentes causados pelos grupos de busca (que teriam chegado a usar explosivos na tentativa de expor os gigantes), os sábios lemurianos teriam simplesmente mudado a localização de sua moradia, 'com a ajuda de uma seleção de poucos homens'... Uma linha de argumentação que mostra claramente como Dr. Lewis não sabia PORRA NENHUMA do que estava falando...

"Por que uma raça superior precisaria de ajuda humana pra se mudar? Pra carregar os móveis? Também me irrita bastante essa conversa de que os lemurianos criaram a humanidade para trabalhar na coleta do ouro. É muita ignorância acreditar que tudo existe em função da coleta de ouro. Se assim fosse, por que ainda temos tanto ouro em artefatos egípcios, em igrejas e joias e tudo mais? Por que ainda temos tanto ouro novo e antigo circulando entre nós? Não faz nenhum sentido...

"Quando Pizarro (conquistador espanhol) sequestrou Atahualpa (antigo imperador inca), ele pediu um quarto completamente cheio de ouro como resgate. Foi o maior pedido de resgate em toda a História do crime, a propósito... Pizarro matou Atahualpa – depois de ter recebido o pagamento – e ficou com todo o ouro. Se os lemurianos estivessem realmente interessados nesse metal e tiveram todo o trabalho de criar a raça humana para coletá-lo – como sugerem alguns desses punheteiros rosacruces – como poderia o império inca, sem qualquer conexão com o resto do mundo, reunir tanto ouro num lugar só, depois que Lemúria já havia desaparecido? Por que todo esse ouro ainda está sendo exposto e escavado na Terra, se era tão necessário e cobiçado em

Sírius B? É claro que eles não vieram pelo ouro! Ouro só tem valor para nós – e nem mesmo para todos nós, posto que muitos não são gananciosos...

"Quase toda a história pública de Lemúria foi escrita por imbecis que tiveram um breve e pálido vislumbre da realidade – ou que se embolaram tanto em códigos e metáforas ao longo dos anos que perderam a capacidade de interpretar os relatos originais. A verdade sobre nossa relação com Lemúria está no meio de todos nós, de alguma forma, mas é uma verdade surpreendente e subjetiva demais para que alguém possa explicá-la num vídeo do Youtube – como tantos acreditam ter feito...

"Eu sinto isso, de vez em quando... Isso... Eu me pergunto se você sente isso também, às vezes, quando está lendo um livro, ou assistindo a um filme... Eu sinto isso com mais intensidade quando estou ouvindo música, ou olhando quadros... Eu vejo sinais... Sinais em obras de arte. Estou convencido de que alguns desses padrões não foram notados sequer pelo autor da obra – nenhum esforço consciente para criá-los, mas eles estão lá.

"O ser humano não foi criado para servir como idênticas e substituíveis colheitadeiras de ouro. Quer dizer, basta olhar pro DNA, Daniel. Busque o modelo 3D de um DNA na Internet e tome uns minutos analisando aquilo... Engenharia avançada! Está NA CARA de todo mundo e ninguém vê... É obvio que o DNA é o resultado de alguma engenharia qualquer... A máquina perfeita... Nós somos robôs, cara. Eu sei que é difícil distanciar a ideia de 'robôs' daquelas máquinas basicamente metálicas que NÓS podemos criar... Mas NÓS somos os robôs! E por que deveria o criador do ser humano colocar em nossa programação básica – no próprio coração da nossa BIOS, ou HARDWARE, ou TRILINEARINTERPOLA-TION-SEI-LÁ-O-QUÊ – o tabu quase que totalmente universal do incesto? Por que essa noção inata de que não devemos procriar com nossas mães, por exemplo?

"Foda-se Levi Strauss... Casamento exogâmico é a cabeça do meu pau! É ridículo explicar uma inspiração inata baseado em posteriores acidentes sociais. A resposta fica óbvia se você analisa um DNA. Se os lemurianos criaram o DNA, é extremamente óbvio que eles precisavam de diversidade...

"Se você pega os textos ditados pelos verdadeiros 'deuses' – os textos sumerianos, por exemplo – e você lê algo do tipo: '...usavam barro para criar os primeiros homens, que deveriam trabalhar e cultivar para que os deuses pudessem relaxar', esses diletantes canhestros, ignorantes FILHOS DA PUTA acreditam que os textos falam sobre ouro! Daniel, você lembra de tudo que falamos sobre Kant? Sobre espaço, tempo e sobre como essas coisas não são entidades objetivas do universo – sobre como elas não existem de verdade – mas são apenas as formas pelas quais a nossa própria mente interpreta e compreende o universo? Então... Esses... Esses FAZENDEIROS não conseguem pensar fora do quadrado... Nós não precisamos sequer ter a capacidade de perceber o trabalho que fomos criados pra fazer – muito menos devemos acreditar que o objeto de interesse dos deuses é o mesmo que atiça a cobiça humana! Se os lemurianos planejavam escravos para coletar ouro, muito sensato seria que nós não tivéssemos nenhum interesse pelo metal!

"Ainda me é impossível desvendar uma intenção por trás da Criação. Tudo que posso afirmar com segurança é que os 'deuses', por alguma razão, precisavam de diversidade.

"Talvez haja muitas tarefas e eles precisem de vários tipos para realizá-las... Talvez apenas uns poucos de nós, como Sócrates, ou Jesus Cristo, sejam capazes de realizar a tarefa e a única forma de criar esses seres maravilhosos seja a roleta genética aleatória... Talvez nós todos realizemos a tarefa para a qual eles nos criaram apenas ao nascer, morrer, ou viver... Talvez sejamos baterias trancafiadas num mundo de sonhos, como naquele filme da matriz... Ainda não saberia dizer... Mas eu pretendo dedicar o tempo que for necessário para descobrir...

"Eu vejo sinais em obras de arte... Como se nos picos mais altos do trabalho humano os sinais de Lemúria transparecessem... Sinais que surgem sem nenhum esforço consciente de nossas mentes... Os lemurianos nos fabricaram; o logo da companhia encontra-se impresso repetido em alguma parte de todos nós...

"Não faz sentido buscar pelos gigantes em qualquer lugar do espaço. Essas empresas tentando manter cada peça escavada em segredo, é inútil... Eles não vão encontrar nada. O Homem teve sua chance no Monte Shasta e não funcionou. Os gigantes se foram. Estou certo que agora eles estão fora de alcance no espaço físico. Mas a conexão com eles tem que estar por perto – a chave! Nossos laços são muito fortes, é preciso que existam pontes – à vista de todos, sem que ninguém perceba... Se você vive dentro de um carro, há um caminho até o motor... Eu sento em minha cama e tento me concentrar... Eu me concentro e envio mensagens para que eles me encontrem... Não são mensagens verbais, ainda que eu também experimente com elas. Tento produzir vibrações... Tento criar qualquer tipo de distúrbio no ambiente à minha volta... Ainda não sei ao certo o que estou fazendo, mas estou tentando..."

"Considero também a busca de sinais ostensivos nas formas da natureza... Se eles transparecem nas obras de arte, é provável que também estejam presentes à nossa volta, escritos ou gravados em algum lugar... Você já ouviu falar de fractal, bróder? De proporção áurea? O manual do próprio mundo como nós o conhecemos pode estar à nossa volta, de alguma forma... Às vezes eu penso tê-lo encontrado... Algo que chama minha atenção por um segundo, sem motivo algum... Algo que sempre esteve por aí sem que ninguém tivesse dado pela coisa ou tentado interpretar como um simples código em sua forma mais evidente... Por um longo tempo, tenho considerado que esse código poderia ser encontrado nas manchas negras sobre a pele das onças... Talvez Borges tenha esbarrado nisso sem perceber que era verdade..."

Ele me enviou fotos do pobre animal – gordo, lustroso e abatido – encarando a lente da câmera através das grades do zoológico da capital. E eu não saberia dizer se fiquei mais deprimido pelo olhar do animal, ou pela aparência de obsessão e delírio na carta de meu amigo.

Nos meses seguintes, ele escreveria cada vez menos – e cada um de seus e-mails estava mergulhado demais em desvario e simbologia para que eu pudesse decifrá-los adequadamente enquanto os lia... Ele escreveu coisas sobre enxergar sombras verdes movendo-se em padrões caleidoscópicos, quando estava profundamente imerso em transe, tentando contatar Sírius. À primeira vista, acreditei que isso era algum tipo de metáfora, mas eu estava enganado...

Tive a chance de conversar com alguns outros poucos amigos sobre o caso. Mas eles – e aparentemente essa era a opinião geral na minha cidade natal – recebiam esses comentários como se fossem apenas outras "coisas doidas" que Alcides estava sempre dizendo. Ignorantes, cegos e desatentos... Eu estava seriamente convencido de que meu amigo estava ficando louco, mas continuei me esforçando para seguir seus passos. Pois, uma vez que nunca fui dado a fantasias, não corria riscos de mergulhar no mesmo crente delírio em que ele se encontrava. Talvez eu encontrasse a chave que ele procurava e esperava demonstrar, com ela, que a Caixa de Pandora não guardava nada além de coincidências espantosas e signos vazios.

E então ele ficou normal outra vez, como se tivesse abandonado um transe. Como se ele já tivesse cavado o bastante e agora abandonasse o buraco para respirar...

O último e-mail que recebi de Alcides, realmente, não trazia qualquer referência direta a Sírius, Lemúria, reptilianos, ou mesmo esqueletos gigantes... Desta vez não é importante que você entenda tudo, então simplesmente transcreverei as palavras de meu amigo exatamente como as recebi:

"eu fui numa boate esse fim de semana e estava olhando um desses garotos emo-goth-indie-hype enquanto ele dançada... e ele fez uma pose, caralho... tipo, ele cruzou os braços e olhou pro teto, só isso, com a cabeça meio de lado: ficou assim parado e isso me impressionou muito. ele avaliou o lugar, eu acho, e ele não podia estar pensando em como sentia a música (a forma pela qual todas as pessoas da minha geração pensariam em dançar) mas em como ELE DEVERIA SE ENCAIXAR NO CENÁRIO GERAL DA BOATE. transportou-se para um ponto de vista impessoal alienígena como se fosse uma câmera da

Mtv e imaginou qual seria a função e posição do objeto 'eu' naquela composição estética

"a pose que ele inventou ficou do caralho, man. videoclipe tempo real

"então eu penso no meteoro que vai atingir a terra em 2012 e na negligência com a qual o assunto será tratado. penso nos homens coevos, no crédito e nos financiamentos disponíveis, na galera com i-pod, tênis bala e celular penso nas companhias telefônicas e no bradesco e no itaú e no milagre do crescimento econômico, na época em que todas as palavras são marcas registradas e todas as frases são slogans. penso no homem fáustico, no homem histórico-cósmico, no homem além-do-homem, mas só vejo o homem consumidor. minha mente trabalha unívoca pela primeira vez, é unânime, sou eu que pergunto sou eu que respondo, sou eu dentro do saco do meu pai, sou eu no útero da minha mãe: tinha um amigo, lá pelos sete anos de idade, alguém disse pra ele 'o céu é infinito', o menino enlouqueceu, ficou doido, saiu da escola, andava cagado olhando pro céu e dizendo: 'não tem fim', 'não tem fim'. além de qualquer metáfora moralista sobre curiosidade, não lembro o nome do garoto, lembro o nome da mãe dele porque era o nome de um país, Argentina. 'o céu é infinito'. o planeta já era, o fim tá viajando pelos anos-luz. já era, já foi, até mesmo o fim não pode ser entendido pela nossa noção de tempo. ninguém entende o fim, ninguém percebe as explosões que começaram há centenas de anos ardendo tudo em câmera lenta. até as línguas de fogo que lamberão a terra, até as línguas de fogo do poeta visionário são imagens insuficientes. o homem consumidor precisa de uma nova imagem do fim e até mesmo no último segundo ele não vai perceber nada, quando o rei meteoro grim reaper estiver a centímetros do seu nariz. o mundo já acabou. o mundo já acabou e as formigas trabalham pra que seis homens vejam mercúrio, pra que um robô filme os anéis de saturno. eu também sou a nasa, e meu ego é mínimo e máximo divisor comum, é a scientia indivisível, meu ego é um átomo separado do dínamo, é a vontade de reintegrar o dínamo monólito vivo. se as galáxias são átomos, se o universo são estruturas atômicas complexas, quem vai olhar esse corpo, quem vai olhar nos olhos desse filho da puta? três bilhões de células nascendo-morrendo, quantos bilhões de planetas na minha unha? não preciso sobrevoar a china pra ver o apocalipse, até entendo que a áfrica deva ser escravizada, a ásia massificada, as américas devam ser bucetas progenitoras de carbono, tantos papéis jornais impressos diariamente na tentativa de apalpar a próstata inerte. o dedo que vai apertar o botão da ressurreição pertence à mão suja de sangue. depois do momento de silêncio sustenido e um portal antes mesmo de se voltar para enxergar a terra blues, você é puxado de volta. por que não pode ser fatal? esse senso de humanidade é foda. se alguém das arábias trepa com uma onça, pronto, eu comi uma onça, e se um comerciante casa com uma mina de onze anos, fodeu, sou o comedor de criancinhas. se um zinho descobre micróbio em marte, pronto, eu sou marte, sou micróbio, sou zinho."

Sobre a parte da boate, acho que fica bastante claro como ele percebia coisas que a maioria das pessoas não perceberia — mesmo enquanto as executam. Acho também bastante clara a parte sobre o senso de humanidade que ele tinha – de ser parte das coisas – parte de tudo – e sobre a idiotice de negar o próprio destino.

Alcides não podia se omitir. Se ninguém além dele podia enxergar a verdade, ele precisava fazer algo a respeito. Ele sentia isso como uma obrigação.

Meu amigo chegou a acreditar, no fim, em algum tipo de paraíso. Paraíso na Terra, é o que estou falando. Isso é o que descobri depois, devorando os cadernos de notas que ele deixou para trás e que sua mãe tão gentilmente enviou pra mim.

Ele acreditava que essas forças estavam, na verdade, transformando o mundo num lugar melhor. Os terríveis homens lagarto que se apoderaram dos nossos governos, de acordo com meu amigo, eram os verdadeiros escravos, você vê? A velha litania de que "Deus escreve certo por linhas tortas". Reptilianos inconscientes curadores de um museu que imaginavam seu domínio.

Na cabeça do meu amigo, nós não éramos escravos – de forma alguma! E de forma alguma, igualmente, seria nosso destino servir como meras máquinas... Nós éramos, ele concluía finalmente, uma forma de arte.

Quando os textos sumerianos diziam que os homens deveriam "trabalhar e cultivar para que os deuses pudessem relaxar", as anotações de Alcides sugerem que o termo traduzido como "relaxar" tinha uma origem muito mais ativa e contemplativa – o relaxar de ler um livro, assistir a um filme, ou observar um quadro. Uma conclusão que de fato se encaixaria convenientemente aos fatos e que sempre esteve debaixo de nossos narizes – tão adequada e pertinente que é surpreendente, para mim, que ne-

nhum dos autores de tantos livros e filmes de Youtube sobre Lemúria tenha chegado a ela antes do
meu amigo.

Nós poderíamos estar agora mesmo, enquanto
você lê estas palavras, por trás de um vidro, numa
exposição. Toda a História da Humanidade, para
Alcides, é como uma sinfonia. Como um filme, ou
uma peça em um teatro. Uma pintura... Mas essas
comparações são bastante idiotas, porque falei sobre
as NOSSAS formas de arte. Arte se relaciona com
a capacidade de manipular a matéria – manipular
palavras, cores, malabares, espadas... O ser humano pode tornar-se um artista em quase todas as coisas que manipula – até comida, ou assassinatos.
Mas estamos fundamentalmente limitados, em nossas artes, pelo que somos capazes de manipular. Os
artistas de Lemúria, segundo a teoria que meu
amigo registrava em seus cadernos, poderiam fazer
mais que espalhar areia colorida sobre um pano
branco... Eles poderiam criar, por exemplo, a nossa
raça; a nossa História!

Eu volto a traduzir:

"O livro da Gênesis estava certo", ele diria. "O
planeta Terra não passa de um palco montado; um
cenário criado para receber o *Homo sapiens*. Talvez
nós sejamos o resultado dos esforços de todo o povo
lemuriano durante muitas eras... Talvez nós sejamos o propósito de sua existência. Quem sabe? É
bem possível que por um longo tempo eles tenham
vivido apenas para criar essa forma de arte – nosso
DNA, nossa História e tudo mais... Ou nós também
poderíamos ser apenas um rascunho (prestes a ir
pro lixo) sobre a mesa de um perdedor... Quem

sabe?"

E todas as guerras, toda a dor e miséria que os homens-lagarto mutantes nos causaram – tudo isso seria apenas parte do majestoso plano de Lemúria – de seu script artístico. Um destino pairando sobre nós que é a imagem e semelhança dos próprios deuses que criamos: vingativos e misericordiosos ao mesmo tempo.

"Esse é o plano," ele anotava, provavelmente em delírio, "os reptilianos são necessários para a beleza do último ato... Enquanto a Nova Ordem Mundial rasteja pra fora do útero, causando um nível de destruição ainda desconhecido pelo Homem, depois de uma batalha que durou milhares de anos, nós finalmente iremos compreender – através do mais que evidente colapso de todas nossas pretensões materiais – que o lado espiritual, ou artístico, da vida é mais sólido e compensador que os desejos da carne..."

O que o povo maia fez com seu calendário de contagem longa, de acordo com meu amigo, não foi calcular as eras do tempo em si, mas separar a obra de arte em diferentes atos! E neste ato final, não registrado (em nome do suspense) nós não presenciaremos apenas tragédias incríveis de proporções apocalípticas – nós também teremos os mais inacreditáveis e maravilhosos espetáculos de beleza, graça e realização da raça humana!

Essa é uma forma tão bonita de pensar – tão carinhosa – que pra mim é comovente... Meu amigo era um poeta e um homem nobre. Ele pensava que tudo está repleto de beleza e acreditava que não deveria ignorar o chamado para ser parte das coisas... Que situação mais vergonhosa... Descobri que não sou um poeta, ou mesmo um homem nobre...

Na minha vida desajustada e solitária, tive oportunidade de observar friamente as coisas ao meu redor e de ver na sociedade uma entidade impessoal e antagonista – o que criou em mim certo sentimento de suspeita, inseparável de tudo que, entre nós, ultrapassa o individual e demonstra práticas coletivas. É claro que eu vejo um mundo cheio de beleza – existir é fantástico. Mas quando a gente se volta para as forças que têm determinado os caminhos da humanidade, ali naquele contexto a "beleza" é apenas um cogumelo psicodélico que nasce no meio da merda.

O que dizer da caridade, por exemplo, e do prestar socorro quando, numa evasiva, um de seus companheiros é alvejado na perna por um *sniper* mal intencionado? O atirador quer que você volte para ajudar, para que ele possa te alvejar também. Quando o demônio está usando sua bondade para concretizar um mal que não poderia realizar sem a sua ajuda, é realmente bom agir bem?

É vergonhoso assumir isso, mas às vezes eu acredito que é melhor não ajudar em nada. A única solução sensata é continuar correndo. Mesmo que você seja o único capaz de prestar socorro... Às vezes, PRINCIPALMENTE porque você é o único.

E o mais triste de tudo isso é que, se eu tento observar as coisas o mais friamente possível, não é a visão do meu amigo que encontra confirmação no mundo real. A teoria dele faz sentido, mas é fácil descobrir exemplos em que uma interpretação adequada e pertinente dos fenômenos não corresponda à realidade. A Terra parece plana.

Eu segui os passos de Alcides; li tudo que ele

mencionava, ou comentava, em suas intricadas mensagens. Eu li e reli, em reiteradas tentativas de decodificar sua linguagem exótica e delirante. Ele me convenceu dos fatos, mas da sua conclusão eu não posso compartilhar. As forças que controlam a história humana são artísticas? Como?

Como é possível que dessa experiência fantástica de existir a gente construa um mundo como está? Temos todos os recursos que faltaram aos nossos avós e que nunca estiveram ao alcance das pedras. Ainda assim, a maioria de nós vive na miséria, para que garotos tenham iPods e um zinho encontre bactéria em Marte. Por toda a História, sempre fomos lama. Com o que fomos capazes de construir e conceber, já poderíamos ser todos Budas, ou Jesus Cristos, mas nossos maiores esforços de comunicação coletiva, por exemplo, são ignorantes e mal intencionados. Nós usamos a ferramenta de comunicação mais poderosa do mundo – os anúncios de 30 segundos – para nos convencer de que somos uns merdas carentes; tudo em troca de uns papeizinhos... Nós ainda fazemos guerra. Não sabemos nem alimentar um amor saudável e, para o mundo social, ser nobre sempre foi subversivo. Nós somos a lama.

Se os lemurianos são um povo gentil que se esconde de nós por mera precaução e autodefesa, como nos fizeram acreditar – guiando nossos destinos com benévolas mãos artísticas – então por que toda essa história continua se insinuando em minha mente?

Se o que meu amigo estava revelando através de seus esforços de compreensão era um segredo mágico e artístico que nos fora ocultado para poupar-nos dos *spoilers*, por que todas essas coisas continuam se apresentando diante de mim?

Eu reconheço que segui meu amigo voluntariamente durante muito tempo – mas desde que eu entendi o que aconteceu com ele eu tentei me afastar. Eu queria continuar correndo, mas correr para onde? É impossível. Tudo volta – de novo e outra vez...

As sombras verdes caleidoscópicas me enchem de medo. Eu não quero *me encontrar* com lemurianos. Os responsáveis pela lama? Era apenas uma teoria – a de que eles são DEMÔNIOS – mas quem estava certo?

Alcides era realmente estranho, mas ele não é do tipo de cara que desaparece. Ele nem saía do quarto! Morava com os pais e nem tinha um emprego, ele ia sumir para fazer o quê? Esses gigantes não são "sábios e bondosos" como delirava meu amigo. São eles os que nos inspiram personagens como o Slenderman! EU NÃO QUERO QUALQUER TIPO DE CONTATO COM ELES!

Eu não sei, nem quero saber, qual é o plano daqueles filhos da puta. Eu fechei tudo nas gavetas e fui cantar alguém, trabalhar, tomar banho de sol... Eu estava tentando levar uma vida normal, mas, distraído, me descobria pensando neles.

Alguma parte do meu cérebro parece constantemente ocupada na tarefa de contatá-los – quando eu percebo isso e tento interpretar o fato com minha sensibilidade, algo interior sugere que eu estava fazendo aquilo "de brincadeira", ou algo do tipo... Pelo menos essa é a desculpa superficial que meu consciente encontra para o comportamento do meu subconsciente... "Toda brincadeira tem um fundo de verdade", é o que dizem por aí. Os mais atentos sabem que o honesto seria "toda brincadeira tem um *fundo* de brincadeira".

E me descubro fazendo, sem intenção alguma de fazê-lo, a mesma coisa que meu amigo acreditava estar se "concentrando" pra fazer: tentando causar um distúrbio no ambiente à minha volta para que algo em Sírius B tome conhecimento de mim.

A porra daquelas fotos estão constantemente no meu pensamento. As que meu amigo enviou, da onça deprimida no zoológico. As imagens repetem-se num slide show involuntário no projetor do meu pensamento. E a cada vez que elas se apresentam eu vejo o quadro com mais detalhes. Eu nem tenho certeza que esses detalhes vêm realmente daquelas fotos na gaveta. Eu não quero olhar para elas. Então não sei se o que vejo estava registrado no filme, ou se minha mente reptiliana cria esses formatos apenas baseados nas imagens originais – misturando-as às tantas outras imagens de onças que eu contemplei durante a vida. Eu via mais e mais detalhes enquanto as imagens se transformavam na minha cabeça. Agora restam apenas as manchas negras, definidíssimas. Eu não quero decifrá-las, nem nada. Eu nem mesmo gostaria de pensar nelas. Eu já enxergo padrões, há alguns dias. Eles estão se reorganizando enquanto vão e voltam no meu pensamento.

Eu penso em paranoia, em mania de perseguição e em papel alumínio. Quantas pessoas eu já vi, nos filmes, colocando todo tipo de parafernália na cabeça para que "eles" não pudessem captar seus pensamentos?

Temo, agora, que o problema seja mais terrível do que qualquer satélite poderia ser. Sinto que acionei um mecanismo interno, que agora se desenvolve por conta própria – inexorável, dentro de mim.

A manhã vem chegando. Eu não quero dormir, mas sinto que já vou chegando ao limite. E é ao limite de tudo. Sabe depois de algum tempo que você liga um computador – no instante em que terminam os barulhos, luzes piscando e vibrações de leitura do disco duro – quando reina certo tipo de silêncio e você sabe que a inicialização terminou completamente?

Estou experimentando agora uma estabilidade similar que toma conta de mim. Algo em mim, eu sinto, tentava entrar em contato – apesar do esforço contrário consciente que venho mantendo, às custas de não dormir. Há dias que o sono tem me rodeado como um assassino, porque sinto que seria imprudente abandonar meu corpo para se comportar sozinho enquanto minha vontade viajava pelo mundo dos sonhos. Agora algo descansou, satisfeito. Seria inútil continuar lutando. Eu preciso me despedir.

Divaguei por tantas páginas e já nem lembro sobre o que falei. Estou com sono e com muitas saudades. Espero que não esteja sendo muito incoerente. A minha falta de concentração nos últimos dias tem gerado algumas anedotas patéticas. Mas agora estou atento e, por favor, não deixe que minha tagarelice obscureça o ponto principal.

Estou convencido de que toda essa coisa de teoria da conspiração não tem qualquer relação com a realidade. Absolutamente nenhuma confirmação prática no mundo real. Nem por isso, entretanto, deve-se subestimar o tema. Não é uma "brincadeirinha". Há algum tipo de armadilha mental, nesta terra inóspita e improdutiva da paranoia inútil, que poderia vitimar até aos mais sensatos entre nós.

Consequentemente, uma vez que você já tem um companheiro razoável aqui dentro do buraco, inspecionando a sala e te alertando que tudo não passa de uma viagem insana e ociosa numa descida espiralada em direção ao nada, por favor, apenas confie em mim. Não desperdice seu tempo tentando confirmar nenhuma dessas informações na Internet, ou em lugar nenhum. É tudo perda de tempo... Bobagens... É pecado. Brocha. Engorda. Envelhece. Não o faça.

Quando a gente faz esse tipo de advertência para uma criança, ela vai logo se aventurar no proibido. A gente diz "Não encoste no fogão, porque estou fazendo um bolo," e a criança idiota vai lá queimar a mão. Você é uma criança? Você vai lá digitar "reptilianos mutantes no governo mundial" ou qualquer coisa desse tipo pra ver o que encontra? Vai ficar se entediando com efeitos especiais de fundo de quintal e gente maluca imaginando fantasia? Pra quê? Você acha que pode mudar alguma coisa, além da sua chance de ser feliz – que já é pequena como está e que pode nem durar muito?

Eu sou seu amigo. Estou chorando em cima do teclado e falando com a maior honestidade possível. Se você sentir falta de mim, não se preocupe com o meu corpo, porque eu mesmo não me preocupo com ele. E se todos os meus traços nos últimos meses despertarem qualquer interesse, em você, por essa coisa de Lemúria, apenas admita que você está escorregando por uma trilha perigosa e inútil – confie em mim e volte atrás agora mesmo. Deixa pra lá.

Vá dançar, amigo. Vá cantar e amar e maravilhar-se com as cores. Eu mandei mal. Eu fiz merda. Acho que vou fazer uma viagem para lugares exóticos budistas, para encontrar a mim mesmo. Devo ficar "fora da rede" por um tempo. Não se preocupe comigo, que eu estou bem. Eu só levei um tombinho. Mas a viagem é perigosa e eu peço que você reze por mim, se puder. Não é uma oração religiosa, não é nada assim tão dramático! Será apenas uma piada interna entre nós. Um refrão que lembre nossa amizade. É uma oração que eu mesmo inventei. Apenas repita pra si mesmo esta frase simples, prática e verdadeira – que contém tudo de saudável e útil que ainda posso deixar para trás:

Lemúria nunca existiu.

Senhorita Etita precisa casar

A SENHORITA ETITA BONITA era, sem dúvida alguma, a dama mais formosa de toda aquela vila, e Pedro Paulo Padeiro sempre separava, para ela, os pães mais fresquinhos. Quando ela passava, o Senhor Doutor Agenor – homem de muitas posses, honras e méritos – tirava atarantado o chapéu numa reverência tola (talvez um tanto exagerada), mas certamente sempre presente. Saulo Assânio Solteiro, como todos os outros rapazes disponíveis do lugar, era vítima indefesa de devaneios imperativos em que se via observado com ternura por aqueles olhos castanhos de encanto da musa.

Patrício de Andrade Poeta, numa noite de inspiração, comparara a pele de senhorita Etita Bonita à impressão acolhedora, incerta e delicada da sombra de uma flor ao vento. Os versos correram as ruas, de boca em boca, e nem a mais despeitada das invejosas foi capaz de levantar qualquer espécie de argumento contra aquelas palavras de admiração.

O condecorado Sargento Sorrateiro Sovina, apesar de pouco afeito aos gastos desnecessários, chegou a comprar mil pétalas de rosas, com as quais desenhou, sobre a grama do jardim da moça, as letras e palavras infrutíferas de uma declaração de amor – trabalho que lhe tomou mais de quatro horas, sem lhe render ao menos um olhar especial.

É que senhorita Etita Bonita era moça muito

avoada. Despreocupada desse mundo decadente. Vivia em graça; em sonho... Rapariga de poucas palavras. E se parava um instante para ouvir a pregação do padre, no outro já se ia longe – atrás do voo errante de uma borboleta, ou do canto em festa de um passarinho... E assim cismava senhorita Etita Bonita; alheia aos brilhos da própria beleza e à reação que esta provocava nos demais.

Quando fez dezesseis anos, fez-se espera por um preferido. E cada rapaz desesperado, até mesmo homem casado, acreditou que poderia ser ele o escolhido. Mas senhorita Etita Bonita não escolhia nada. As propostas se acumulavam na pequena caixa de correio de sua casa humilde, mas ela ignorava todas com a mesma imparcialidade.

Sua mãe, senhora muito serena, acatava a quietação da filha. O pai, de temperamento também ameno, nunca se fez por forçar nada. Mas a vila, observando incrédula em crescente euforia, não pôde suportar a intensidade de tamanha tensão.

Na Taverna do Touro Triste, toda noite há discussão. Um louco, um bêbado, um charlatão... Sempre havia um bufão que gritava, ou se gabava – com algum outro rufião – ser o par daquela mão. E então o mesmo se passava... Sempre alguém que discordava. E o clima piorava, terminando em safanão.

Pesa ainda que Pedro Paulo Padeiro já não queria mais vender seus pães, pois fazia todos com máximo carinho, dizendo serem todos dela. E o Sargento Sorrateiro Sovina deixava soltos os presos na rua. A cidade em estado de sítio. É que ele já acordava com ares sombrios... Atravessava tardes absorto, pensando muito em mulheres – e as noites em pranto, num canto qualquer. Para os duzentos doentes de amor, o Senhor Doutor Agenor já não sabia mais o que receitar. Com a senhorita Etita Bonita disponível para esposa, até as mulheres se esqueciam das tarefas de seu lar. As casadas, desquitadas, as donzelas, todas elas... Tão amargas, mal amadas, nem tentavam se enfeitar. E com inveja, com maldade e com despeito – exigindo o seu direito – passavam o dia a flanar, procurando parceiras para fofocar. E o tema era o mesmo; ninguém fez esforço pra reformular: senhorita Etita precisa casar.

Então um dia, sem eira nem beira, a vila inteira se juntou na praça, em arruaça, para discutir a questão. Depois de mil ideias tolas, disparates e rodeios, eis que surge uma opção. Era justo. Era um meio. Parecia a solução: um torneio! Então votou-se em reunião – em meio a grande confusão – o caráter da contenda.

Marcos Mota Marombado sugeriu uma peleja. Mas a moça, e disso todos sabiam, era um poço de ternura e dificilmente se impressionaria com socos, chutes e pontapés. Valdo Vlad Vaidoso, por sua vez, propôs um concurso de beleza. Mas a maior beleza de todas era a da própria Etita, e por demais inútil seria procurar beleza rara, com a tez tão clara, que pudesse ser comparada à graciosidade da pequena.

A própria Etita concordou com tudo, sem prestar muita atenção. Na falta de uma conclusão, disse apenas, numa pausa, qual a sua opinião: "Pra lá do Lago Lancaster, há uma besta muito má. O Ikiri é fera famosa em nove terras do além-mar. Casarei com aquele que fizer o Ikiri cantar." E assim se decidia a virtude do torneio.

Mas por essa ninguém esperava, e houve silêncio por alguns segundos. Fazer cantar o Ikiri era tarefa para deuses. Marcos Mota Marombado não podia confiar em sua força, pois sabia que não havia homem na terra capaz de derrubar o Ikiri no braço. Valdo Vlad Vaidoso saiu pisando de fininho, pensando em pentear os cabelos. E o Senhor Doutor Agenor viu que para aquilo não servia servir-se de dinheiro, ou de remédios – tantos méritos improdutivos. Patrício de Andrade Poeta desconfiou da persuasão de seus próprios versos. Todos tentaram desconversar. Guto Gula Guloso chegou a sugerir que, ao invés de fazer o Ikiri cantar, eles comessem cachorros quentes.

Até que alguém ergueu o dedo. Era Lorde Jorge Pobre – um moço muito humilde, que de lorde só matinha o título. Ele não era forte, ou sábio, ou belo. Mas tão apaixonado, tão singelo, que não sentia medo.

E partiu de manhã bem cedo, com o otimismo de um bêbado. Levava apenas uma bússola e pequeno bornal com o que comer. Foram dois dias de caminhada até além do lago, acompanhado por comitiva constituída de quarenta curiosos. Também seguiam os pais da moça, que testemunhariam fracasso ou sucesso do humilde camponês. Foram dois dias de caminhada e permanecia incerto se a besta estava por perto.

Até que enfim avistaram o bicho e os curiosos chegaram pra trás. Pendurava-se, de cabeça para baixo, sob o galho de uma árvore – como morcego, como macaco – e era malvado, tão sinistro e deformado, diriam mais tarde, como um homem que não é Homem. Como criatura tosca e torta do diabo, fazendo troça da criação de Deus.

O Ikiri tinha hipnóticos olhos imensos e furiosos – em movimento – como palimpsesto inquieto de insanos círculos dourados. E, bem no centro, uma esfera negra. Tão negra quanto o negro pode ser. Sua inesquecível boca pequena, desfigurada num eterno sorriso triste e macabro, fulminantemente falou:

- E quem se aproxima assim sem medo? Quem vem com sangue e com vontade de morrer?

O mancebo sentiu frio num momento, que só durou um segundo, até lembrar-se de Etita e criar coragem tola de falar:

- Sou Lorde Jorge Pobre, que de Lorde só mantém o título. Se o Ikiri não conhece o amor, e nunca soube o que é a dor, não adianta eu me explicar. Poupemos tempo, nobre fera. Sem quimera. Sem lamento. Eu vou falar do meu intento – o que te espera – eu vim fazer você cantar.

Em silêncio, numa ágil cambalhota, o Ikiri caiu com os dois pés plantados no chão. Sorrindo seu sorriso safado, sacana e sutil. Com cautela, ou sem muita pressa, andou dois passos pra frente. E era impossível dizer se vinha sedento ou curioso.

- Eu já cantei pros deuses mortos, para os novos, pros antigos... De Osídios a Barrala, e todos eles me cuspiram na cara. Eu já cantei pra terra... vento... fogo... água... Cantei só pra passar o tempo, mas ninguém nunca me ouviu. Por que cantar pra um homem lento, fraco, louco, imerecido? Você é muito atrevido! Um debiloide, um imbecil!

- Sei que ninguém nesta terra desolada tem como te obrigar a nada, disse Lorde Jorge Pobre. Mas o que quer que você faça, não faz frente à alternativa de não vir pedir. Eu só te peço que cante.

E em troca ofereço, humilde, qualquer coisa que o Ikiri quiser.

- O Ikiri quer morte!, disse a besta. E com um pulo já estava em cima do rapaz, com as dez garras cravadas em seu peito.

Por trás de uma moita insuspeita de onde assistia a tudo, a senhorita Etita Bonita, que seguia sempre escondida, finalmente se entregou. Com um suspiro, um soluço – um lastimoso, quase choroso – ela se denunciou. E o Ikiri, pronto para arrancar o coração de Lorde Jorge, por um segundo vacilou. Pôs-se a contemplar a bela, que agora já vertia lágrimas.

A besta fitou demoradamente o muchacho subjugado sob sua força. Inclinava a cabeça, ora para a direita, ora para a esquerda. Olhava para Etita e então olhava novamente para o rapaz. E num momento que nunca se repetiu na História – visto que nunca houve fera com o coração tão negro, nem dama tão linda – o Ikiri teve piedade. E tirou as garras do peito de Jorge, que sangrava muito.

Depois sumiu-se nas árvores. Entre os galhos. Cantando:

Logo da primeira vez
Que o Sol surgiu no céu
A alegria deu um grito
E a tristeza pôs um véu

E não houve criatura
E não há tal criador
De matéria toda pura
Tudo tem mais de uma cor

E quem busca a verdade
Deve sempre se lembrar
Deus castiga com maldade
E o Diabo sabe amar

Etita correu até Jorge, colocando a cabeça do mancebo no colo. Ele, por breve instante, até sorriu. E enfim cedeu. Tremeu. Morreu.

Carregaram o nobre jovem pra vila, em silêncio, com pesar. E assim se viu a senhorita Etita Bonita, com véu negro e traje branco – meio luto, meio noiva – com um defunto, casando no altar.

Ronda nos bares

UMA CADELA ACABOU COM A MINHA VIDA e hoje eu rondo pelos bares. Chamar aquela puta de cadela, na verdade, é um louvor imerecido. Ela tem o sangue frio, como o dos animais venenosos, e talvez fosse mesmo uma serpente disfarçada por mística feitiçaria.

Não sou o primeiro macho a perder tudo por um coração partido. Eu tinha amigos. Tinha uma família. Eles cuidavam de mim. Eu cuidava deles. Ela chegou e foi embora. Tudo mudou. Hoje, faço a ronda nos bares. Rabinho entre as pernas. Humilhado. Faminto e hipnotizado pelo cheiro de gordura quente que chega das mesas.

Eu colo num careca velho e solitário. Fingindo que não, ele percebe minha sujeira. Minha magnífica aura desamparada. Minha tragédia. Antes de ir embora, joga um resto de hambúrguer no chão.

Eu como sobre a calçada imunda, como se não houvesse o mundo.

Como se eu nunca tivesse conhecido orgulho, ou dignidade.

Há mais de um ano vivendo de restos. Paciência.

Ajuda um pouco se você coloca a língua pra fora e deixa o rabo balançar. Você precisa encontrar a confiança e o otimismo. Ajuda. Deixar o rabo balançar...

Afobado em excitação, usei minhas patas para cavar um buraco sob a cerca. Fugi de casa por uma noite de amor com aquela vagabunda.

Quanto arrependimento...

Quanta saudade!

Eu nunca encontrei o caminho de volta. Também não fui capaz de esquecer os carinhos daquela vadia, de sentir um cheiro vagamente parecido com o dela sem imaginar que nos encontrávamos, ou de viver um único dia sem esperança.

O ministro precisa cagar

-Posicionamento oficial sobre notícia veiculada

Em atenção à reportagem "Mais um massacre ministerial", veiculada por sua emissora nos jornais do último sábado (26), esclarecemos à população, em primeiro lugar, que o Estado lamenta todo o transtorno e os inconvenientes causados. Pedimos nossas mais sinceras desculpas, aqui, àqueles que tiveram seus dias interrompidos pelo trajeto de emergência do Comboio Ministerial na última sexta-feira (25), em decorrência do Protocolo 8.

Esclarecemos, no entanto, que o evento foi motivado por circunstâncias de força maior e destacamos, antecipadamente, a supremacia do interesse público sobre o interesse particular.

Para os colegas jornalistas desta redação à qual nos endereçamos – considerando o caráter enganoso, tendencioso e especulativo da reportagem veiculada – elaboramos este posicionamento oficial, alinhado ao direito de resposta previsto na Lei de Imprensa, cujo conteúdo deve ser veiculado na íntegra e no prazo máximo de 1(um) dia útil a contar de seu recebimento; devendo ocupar, no mínimo, o mesmo tempo de exposição dedicado à matéria original e destinar-se ao mesmo público por ela atingido.

- PROTOCOLO 8 (ROTA DE EMERGÊNCIA)

O percurso em linha reta, determinado pelas instruções do protocolo pertinente, é a rota padrão a ser adotada quando imperiosa necessidade exige o ligeiro deslocamento do Ministro.

É fato óbvio, notório e de fácil verificação matemática que a menor distância entre dois pontos é uma linha reta. Fica estabelecido, assim, que a operacionalização do Protocolo 8 nasce de inquestionáveis verdades científicas e que tem base, ainda, no Princípio da Eficiência – um dos mais antigos em nossa Administração Pública. A adoção do percurso em linha reta, nas situações de emergência, não é uma questão de *capricho*.

É fácil perceber, assim, a completa falta de comprometimento jornalístico e as intenções puramente difamatórias e subversivas de seu repórter, quando lança críticas ao percurso adotado, enquanto se esquiva de oferecer uma opção de rota que fosse mais eficiente.

Ele mente, fantasia e engana também quando se refere às supostas motivações da urgência que obrigou o Comboio Ministerial à adoção do Protocolo 8 no seu deslocamento entre o restaurante *Dévorer* e a Cobertura Oficial, na última sexta-feira.

Informamos aos cidadãos de bem, interessados em informações responsáveis, pertinentes e oficiais, que os motivos da urgência não têm qualquer relação com as divagações maliciosas daquele repórter, e que serão divulgadas de forma clara e transparente, pela primeira vez, ao longo deste comunicado.

- SOBRE A SUPREMACIA DO INTERESSE PÚBLICO

Ressaltamos, antes de tudo, que é para o bem de todos e felicidade geral da Nação que o interesse público se sobrepõe ao interesse privado. Os poderes atribuídos à Administração Pública têm a característica de poder-dever e deixar de exercê-los caracteriza indesculpável omissão.

Assim, apesar dos inconvenientes e transtornos causados pelo uso do Protocolo 8 em perímetro urbano, seria imoral, egoísta e ilegal priorizar – em detrimento do Interesse Público – o interesse daqueles que tiveram seus bens (móveis ou imóveis) desobstruídos pela operação.

O carro do Ministro não voa! Todos sabemos que ele é pouco afeito a essas novidades... Ter o imóvel, o carro, a moto, ou o próprio corpo atravessados pelo veículo que transportava nosso Líder Soberano é um pequeno preço a pagar pelo bem-estar coletivo. Afinal de contas, caso o Ministro fosse impedido de alcançar o SCS a tempo, o prejuízo seria de toda a capital e não apenas de uns poucos moradores.

- FRTK-9001

Justificada a legalidade da Rota de Emergência – e a necessidade decorrente de desobstruir uma linha reta através da cidade para deslocar o Ministro – admitimos e lamentamos que a desobstrução, na primeira parte do trajeto, tenha sido excessiva.

Como ficou evidente pelo próprio desenrolar dos fatos, o carro do Ministro é suficientemente robusto e possante para atravessar sozinho qualquer edifício – de forma que não se pode justificar o uso dos canhões FTRK-9001 no início da operação. Nesta parte, estamos todos de acordo. É imperdoável e, tragicamente, irreversível que a escolta do exército tenha se adiantado, abrindo fogo para desobstruir antecipadamente os primeiros quarteirões por onde o Veículo Ministerial deveria passar.

Ainda que por excesso de zelo, configurou-se grave atentado ao próprio Princípio da Eficiência, citado anteriormente. Faz-se necessária a identificação de um responsável. Não há dúvidas. No entanto, quem é o culpado? Aqui, já discordamos das conclusões explícitas e monstruosas do seu material supostamente jornalístico. O responsável não é o Ministro! Como poderia o Ministro, o próprio pilar amoroso do bem, da ordem e da indústria – reconhecido não apenas na América Latina, mas em toda a Aldeia Global como o mais carismático entre os 5 grandes líderes do Governo Mundial, encarregado da gestão de um continente inteiro – ser culpado por tamanha tragédia?

Mudemos o foco, neste momento, para o tenente-coronel Rosário.

- Tenente-coronel Rosário

Representado pela reportagem enganosa como o herói do dia – enaltecido pelo jornalista como "um farol de bom-senso no imenso oceano sombrio de sádico autoritarismo" – Rosário é o verdadeiro responsável pelo uso dos canhões.

É inegável, por outro lado, que mais tarde ele tenha instruído a escolta a contornar obstáculos, com os canhões desligados, deixando que o Veículo Ministerial atravessasse os edifícios por conta própria – diminuindo, assim, os efeitos colaterais do Protocolo 8. Todos vimos as imagens – capturadas por um de seus câmeras mais ardilosos – do tenente-coronel esbravejando ordens de cessar fogo.

Isso prova alguma coisa? Conclusões apressadas, irresponsáveis e fantasiosas são agora o que devemos esperar dos jornalistas?

O Ministro ordenou, inicialmente, que a escolta desobstruísse o caminho? Naturalmente! Frente à necessidade imediata de cumprir parte do seu dever como Pináculo da República, nosso líder não hesitou em ordenar o que lhe parecia mais justo: o Protocolo 8.

No entanto, o Ministro não é engenheiro! Ele não tem obrigação de conhecer cada parafuso e todas as potencialidades técnicas do próprio veículo!

Já o tenente-coronel Rosário, como Chefe da Guarda Ministerial, abriga entre as suas atribuições a de assessorar seus superiores! Era a ele que cabia, como conselheiro, a obrigação de informar ao Ministro que a desobstrução prévia seria desnecessária.

Mais tarde, quando Rosário conseguiu estabelecer o cessar fogo, já era *tarde demais*. Cidadãos dignos e honrados haviam perdido suas casas, seus veículos e, em muitos casos, suas próprias vidas! Prédios inteiros foram transformados em ruína devido à incompetência do tenente-coronel.

- Descuido e indisciplina

Lembremos ainda que, ao suplantar a ordem de desobstrução do Ministro com outra de cessar fogo – sem primeiro buscar a validação do Ministério – Rosário incorreu em indesculpável ato de indisciplina. Como todos sabemos e temos visto ilustrado por inúmeros exemplos, incluindo a inteligentíssima obra do filósofo azerbaijão Thorik Suplinkson, a indisciplina é uma falta moral gravíssima, inimiga de Deus e intolerável numa democracia saudável.

Informamos, assim, que o tenente-coronel Rosário foi indiciado como responsável pelos inconvenientes e receberá a pena pertinente – certamente severa – que deverá satisfazer as exigências da indignação popular, quando for divulgada em data conveniente.

- As sextas-feiras do Ministro

Ao aceitar o nobilíssimo posto de Chefe Soberano do Governo – depois que a sociedade aboliu, pelo voto, todos os outros Poderes e sobressalentes líderes do Executivo – durante a cerimônia de posse, o Ministro atribuiu ao próprio cargo um regime duríssimo de ininterrupta disponibilidade para assuntos concernentes ao Estado.

Todos conhecem o episódio da Grande Discórdia, que trata da corajosa sensatez dos dois últimos conselheiros da história que se comprouveram na petulância de discordar do Ministro, justamente na ocasião em que este último apresentava sua abnegada proposta de carga horária – cuja pretensão os conselheiros em questão condenaram com argumentos veementes.

Apesar da tragédia acidental que silenciou prematuramente aqueles bravos servidores públicos – ao final daquela mesma noite – nosso Grande Líder está sempre disposto a corrigir seus raríssimos enganos e veio a reconhecer, mais tarde, a sabedoria daquelas críticas.

A despeito da desordem, no seio da barbárie, malgrado a selvageria e não obstante a imperativa necessidade de constantes olhos vigilantes para controlar a inumerável prole baderneira da gentalha, é impreterível que um governante qualquer se permita ao menos um dia por semana para o descanso e para os afazeres privados de sua vida pessoal.

Depois dos problemas de saúde e das delicadas cirurgias que comoveram e preocuparam todo o País, decidiu o Ministro que, às sextas-feiras – num gesto magnânimo de humildade – deveria ele abrir mão do Poder e passar o dia a cochilar, visitar museus, ou frequentar restaurantes como qualquer cidadão de respeito.

- SEXTA-FEIRA (25)

Foi justamente no oásis de sua única folga semanal – tão pequena e insuficiente, frente às intermináveis obrigações da rotina ministerial – que, surpreendido por súbita e peremptória demanda, nosso Comandante Maior do Estado provou-se mais uma vez digno do lugar que ocupa, adotando o Protocolo 8 para alcançar a tempo o SCS.

Acontece que, durante o jantar em seu restaurante favorito, o Ministro passou a se comportar de forma estranha – o que foi prontamente notado pelos assessores e conselheiros mais próximos. Suspeita-se do *foie gras ministérielle* – a famosa variação que o próprio Ministro inventara, em sua juventude, do antigo patê de fígado gordo, outrora preparado com fígado de pato, ou ganso.

Ainda que o agente causador do desconforto não esteja absolutamente claro e as investigações, já em andamento, não desprezem quaisquer fatores possíveis, o resultado era indiscutível: o Ministro precisava cagar.

E não era apenas uma "vontadezinha"; uma sugestão... Era uma demanda imperativa e exigente, uma vez que os fetos, apesar de nutritivos, também são muito gordurosos.

Percebam como seria perfeitamente aceitável que o nosso Príncipe da Administração tivesse aliviado suas necessidades no próprio restaurante – abdicando, como às vezes todos fazemos, da privacidade e da familiaridade de seu próprio banheiro. Mas, se ele assim o fizesse – o que seria um direito seu, num dia de folga – não haveria Chuva Santa.

Invariável em sua disposição para sacrificar o próprio conforto em nome do Bem Social, o Ministro preparou-se para corajosamente controlar os furacões que tomavam conta de seu corpo e ordenou que desobstruíssem a rota mais curta até sua cobertura, do outro lado da cidade.

- A RESPOSTA DA SOCIEDADE

Para cumprir uma obrigação que sequer lhe beneficia diretamente – mas que ele prioriza em nome da Sociedade que o escolheu como a Verdade, o Caminho e a Luz – o Ministro fez questão de alcançar o SCS antes de cagar. Todos que já experimentamos uma forte ânsia intestinal podemos imaginar o sacrifício!

E, depois de tamanha demonstração de zelo por nossa República, qual é a resposta da sociedade?

O que encontramos massiva e simultaneamente publicado por toda a imprensa marrom? Calúnias, injúrias e difamações em detrimento do Governo!

Ocasionalmente, somos forçados a confrontar jornalistas trapaceiros e fraudulentos, demonstrando que os órgãos públicos não estão dormindo e que não toleramos embustes noticiosos.

Alinhados às diretrizes de nossa política indulgente e tolerante, no entanto, antes de punir nós tentamos oferecer a tais jornalistas – que em alguns casos estão sinceramente convencidos dos disparates que publicam – a oportunidade para se informarem de maneira séria e para corrigirem publicamente, por conta própria, os equívocos veiculados através da imprensa. Sequer determinamos a forma pela qual o jornalista deve se retratar do agravo produzido. Somos uma sociedade livre e ele pode escolher livremente o que lhe parecer adequado. Nós apenas julgamos o sucesso, ou não, de sua tentativa.

Não trabalhamos para punir. Punimos, em último caso, mas nossa missão é organizar e – no caso específico desta assessoria de comunicação – informar. Mesmo quando seria sensato abandonar a esperança de esclarecer e instruir a insubordinada plebe, é preciso continuar informando e corrigindo. É nossa obrigação. Afinal, somos a Ordem e o Progresso.

A mão do Ministro, invariavelmente justa, distribui apropriada e convenientemente as recompensas e punições. Se há revolta por toda parte, a extensão da balbúrdia é mera evidência da inegável amplitude do mal. Ou seja: que a massa revoltosa passe o dia a reclamar não é argumento contra o Governo, mas simples relevo e saliência patente da lamentável corrupção da maioria – a própria fonte das ocasionais medidas severas que eles criticam.

Vivemos, uns poucos homens de bem, entre assassinos, suicidas, drogados, vândalos, loucos, terroristas, larápios, golpistas e estupradores. O sangue dos antigos já se raleou e os valores da humanidade declinam inelutavelmente em direção ao caos.

Quem trabalha pela pessoa de bem? A quem ela pode se voltar em busca de abrigo e proteção?

É justamente em nome da população honesta e disciplinada, que vive amedrontada no meio desse manicômio, que o Ministro não poderia negligenciar o uso do SCS.

- Semeador Estático de Nuvems (SCS)

Um sonho visionário que levou anos para ser concluído, o SCS (Static Cloud Seeder) é uma das obrigações mais exigentes para nosso líder. Os benefícios de seu uso são incalculáveis – mas igualmente ampla é a dificuldade de usá-lo consistentemente.

Como todos sabemos, o mecanismo é ligado diretamente ao banheiro do Ministro. É o primeiro e o único semeador de nuvens que funciona do chão, sem necessidade de um aeroplano. Na verdade, é o primeiro semeador de nuvens a funcionar de forma consistente, além de ultrapassar em muito a mera pretensão de "fazer chover" dos primeiros métodos similares. Através de reações químicas controladas e de mecanismos complicadíssimos – que podem ser pesquisados no site do Ministro – o SCS realiza um verdadeiro milagre!

Com imensa satisfação e sentimento de dever cumprido, informamos que, através do Protocolo 8, apesar das dificuldades e dos inconvenientes, o Ministro atingiu a máquina a tempo. Assim, é desnecessário explicar que a chuva da noite de sexta-feira(25) foi uma Chuva Santa.

De acordo com as últimas pesquisas – realizadas pela operação em conjunto da Polícia Executiva com o Instituto Ministerial de Meteorologia e Oceanografia (IMMET), divulgadas no início do ano – a eficiência da Chuva Santa tem crescido em progressões animadoras. Foi demonstrado que o índice de assassinatos cai cerca de 8,9% nas oito horas seguintes à precipitação. O número de estupros diminui aproximadamente 16,4% e há até evidências de que, na periferia da capital, um aleijado tenha voltado a andar.

A competência e o brilhantismo dos pesquisadores lhes rendeu, só neste ano, dois entre os prêmios mais respeitados por toda a comunidade científica: o troféu Ciência Destaque, do Grupo Valerys, e o primeiro lugar na premiação Pilares do Futuro, que o Departamento Ministerial de Ciência e Cultura (DEMICIC) promove em conformidade com a Lei de Incentivo à Pesquisa.

E a maravilha tecnológica dos pesquisadores converteu-se novamente em benefício objetivo para todos nesta sexta-feira, quando o Ministro – cumprindo magistralmente as atribuições de seu cargo – conseguiu se controlar e só foi aliviar a própria necessidade no miraculoso mecanismo do SCS. O sacrifício permitiu que os inumeráveis coliformes fecais que o habitavam, acompanhados de toda a benfazeja matéria que ocupava as entranhas do

nosso ilustre e iluminado Líder, chovessem calma-
mente sobre a cidade, abençoando nossas vidas com
uma promessa de paz.

Uma carta para Todos Vegetarianos

Parece-nos perfeitamente compreensível — até mesmo sensível, inteligente e louvável — que um ser humano desenvolva crescente repulsa pela ideia de matar (ou deixar que matem) um animal para comê-lo. Nós conhecemos os bichos. Vivemos entre eles, trabalhamos com eles e desenvolvemos o mais profundo afeto por alguns deles — é realmente perturbador que os devoremos.

Os animais que comemos não nos são estranhos — e ainda que o fossem, restaria a qualquer consciência pensante a simpatia pelo que experimenta todo ser vivo: a vontade de que não lhe façam mal e o primaz desejo de continuar vivo.

Em outras palavras, nós concordamos com o argumento fundamental do vegetarianismo.

Não obstante, se confrontamos essas preocupações com a vida prática diária, descobrimos que comer carne — moderadamente — é um comportamento perfeitamente natural e saudável, compartilhado por diversas espécies. Comer carne não é uma *perversão*.

Se a ideia de matar um animal e alimentar-se dele lhes parece tão hostil e alienada — se a presença de uma vaca morta dentro do supermercado lhes causa o último desgosto — uma dúvida nos perturba:

Por que vocês não alimentam sentimentos análogos em relação às plantas?

As plantas também estão vivas. Ainda que vocês não passem tempo suficiente entre elas – de forma que esse fato se cristalize em sua consciência – estamos inclinados a acreditar que todos os vegetarianos (tão cultos e instruídos) já aprenderam algo sobre o assunto, em alguma sala de aula.

#

Não há discussão cabível – as plantas estão vivas, assim como os seres humanos e os animais que vocês se recusam a engolir.

Sua ideologia falsa e ignorante, contudo, preferiu desconsiderar a realidade e criar uma fantasia que lhes permitisse jogar confete sobre si mesmos enquanto assassinam com os dentes. Na ânsia de se esquivarem de uma verdade dura, vocês abraçaram essa mentira absurda de que as plantas são matéria insensível. Por quê? Provavelmente porque elas não têm olhos, ou voz. Apenas porque não possuem ferramentas imediatas para despertar em suas cabeçinhas infantis desatentas alienadas a consciência de que cada planta é um ser vivo e que, como todos nós, tem sentimentos e gostaria de continuar viva.

#

Dizer que uma planta não pode sentir, porque não possui um sistema nervoso central, é como dizer que os morcegos não podem ver, porque não percebem a luz.

Ao contrário do que sugere o livro do Gênesis (toda a bíblia, na verdade, com seu Deus imagem-e-semelhança-do-Homem) o ser humano não é o centro do mundo. Se um ser vivo não pode sentir através das mesmas ferramentas que nós, isso não quer dizer que ele seja INCAPAZ de sentir.

Considerem as lagostas. Também afirmam que elas não têm um sistema nervoso central à semelhança do nosso e que não poderiam sofrer ao serem cozidas vivas, como exige a boa *cuisine*. Existe algum vegetariano que concorde com essa afirmação absurda? Basta observar o comportamento de uma lagosta numa panela de água quente e qualquer discussão é ignorância.

É verdade que as plantas não podem espernear, ou gritar, mas é igualmente ignorante imaginar que elas não sofrem ou sentem, à sua própria maneira. Quando uma planta é danificada, ela libera hormônios que a deixam menos apetitosa – até mesmo ligeiramente venenosa, em alguns casos. Como vocês podem negar seu sofrimento enquanto, como podem, elas tentam se defender?

Quando um ser humano pula uma cerca para roubar uma fruta, ele está raciocinando. Mas quando um cachorro cava por baixo dessa mesma cerca para comer, dizemos que é instinto?

Somos bichos. É meio covarde ou desatento nomear de forma distinta nossos processos em comum. E não podemos parar por aí, porque bichos são seres vivos, como os vegetais. Todos conhecemos o sofrimento e deveríamos ser capazes de reconhecê-lo uns nos outros, sem especismo.

Quando uma planta está machucada, ela tenta se defender. É o bastante. Se elas não podem chorar, sangrar, ou debater-se, matá-las continua sendo cruel.

Ainda que não possamos nos relacionar com uma banana da mesma forma que poderíamos nos relacionar com um cachorro (a não ser, é claro, que você seja um pervertido – o que não me surpreenderia nada num vegetariano) persiste o fato que os vegetais são seres vivos e que os arrancamos do chão para devorá-los.

E nós – os terríveis Homens insensíveis e famintos – não somos os únicos a fazê-lo. Coelhinhos felpudos o fazem também.

#

É verdadeiramente repulsivo que as pessoas comam carne de forma leviana, mas com um pouco de esforço percebe-se que limitar nossa compaixão aos animais configura uma injustiça ainda maior. Porque toda a biologia – absolutamente toda a biologia – conta a história dos vegetais e de seus parasitas. As plantas são as maiores vítimas de nossa alimentação, e justamente porque os bichos nos acompanham na dependência é que é mais fácil solidarizar com eles.

Convém pensar num garotinho, avesso às agulhas, que precisa tomar uma injeção. Ele não *quer* aquilo, mas deve aceitar que o bem não é necessariamente agradável, pois tampouco o mal é doloroso.

Nós não somos perfeitos e, às vezes, para o nosso próprio bem, é necessário admitir que nossos sentimentos são enganosos e pouco razoáveis. Comer é uma necessidade intrinsecamente odiosa e dar uma "carta branca" aos animais não resolve o problema. É apenas uma fuga da realidade: nós somos parasitas dependentes e comemos outros seres vivos para sobreviver. Dê um tiro na cabeça, ou viva com isso.

Poderíamos nos alimentar exclusivamente das frutas – as dádivas que as plantas oferecem de bom grado e através das quais elas também se beneficiam. Mas quem quer viver apenas de frutas? Por que tamanha delicadeza? Nós também morremos e, passivamente, as plantas nos devoram. É um ciclo.

Assim, contrariando nossas sensibilidades em relação ao tema, encorajamos uns aos outros, em moderação, a matar e devorar outros seres vivos – sejam plantas ou animais. Não fazemos distinção.

Acreditamos que esse gesto é necessário não apenas para a nossa sobrevivência, mas também como exercício de transcendência – uma vez que o próprio ato de comer, quando compreendido em profundidade e imbuído do significado preciso, pode contribuir no deteriorar de ilusões ignorantes que bloqueiam nosso caminho em direção à realidade, à liberdade, e à paz verdadeira.

#

Compreendemos que, além do repúdio à ideia de matar os bichos para se alimentar, muitos no seu grupo se tornaram vegetarianos como forma de protesto contra o maltrato sofrido pelos animais durante o processo em que viram comida. Estamos falando daqueles que não se incomodam com os caminhos naturais da cadeia alimentar em si, mas com a crueldade dos processos industriais envolvidos.

"Não podemos patrocinar essa indústria malvada!" – temos ouvido repetidamente, de incontáveis bocas mastigando grãos.

Admiramos essa intenção com a mesma reserva que seria necessária num elogio ao *kameradschaft* dos nazistas. É um pensamento sublime, num contexto doentio.

Nós também somos contra o maltrato sofrido pelos bichos e pretendemos, inclusive, acabar com isso. Infelizmente, a atitude prática do seu grupo ao opor o problema é imprópria e enganosa. Uma resistência tão passiva quanto o boicote de produtos selecionados não pode causar um dano significativo à Máquina.

Se a maioria da população mundial adotasse uma dieta exclusivamente vegetariana, talvez seu plano tivesse alguma esperança – talvez! Entretanto, como discutido previamente, comer carne é um comportamento natural e isso NÃO vai mudar. Vocês não podem confiar num plano para salvar o planeta se o sucesso desse plano exige que 80% da população adote um programa alimentar anômalo. A Besta diz: "Adapte-se!" e poucos estão dispostos a viver em desacordo.

Existem poucos de nós dispostos a lutar. Nosso poder econômico individual não é contundente o bastante para sangrar a Máquina. Então pensemos em outro poder individual que pode funcionar como uma faca para auxiliar em nossa luta: o conhecimento.

#

Conhecimento de verdade começa com Sócrates. Não ter lido os diálogos de Sócrates é o mesmo que ser um analfabeto. Naqueles textos, pode-se encontrar o próprio Manual Prático de Como Ser Humano. É claro que os diálogos não são sagrados, perfeitos, ou exaustivos, mas o básico do que seria sensato já foi discutido ali.

Em relação ao tópico desta carta, por exemplo, uma análise atenta da República de Platão deixa claro que quando os Homens se agrupam numa cidade – e dividem os diferentes trabalhos entre pessoas diferentes – a remoção do lixo das ruas dependerá muito mais do caráter do lixeiro que do caráter do resto da população.

Poderíamos povoar qualquer cidade exclusivamente com ambientalistas obcecados com reciclagem, separando detalhadamente o lixo em várias sacolas coloridas, que o lugar transformar-se-ia num tremendo chiqueiro caso o único lixeiro disponível fosse um pedófilo preguiçoso que nunca trabalha e passa os dias cheirando cocaína com prostitutas adolescentes.

Poderíamos ainda povoar essa mesma cidade com os mais porcos e desleixados adolescentes mimados, que o local seria um exemplo brilhante de limpeza se o encarregado pela retirada do lixo fosse uma versão real dos super-heróis que vemos nas propagandas de pasta de dente.

Se vocês estão verdadeiramente perturbados com a imundície nas cidades, criar formas sofisticadas de lidar com seu próprio lixo e estimular esse comportamento entre seus vizinhos não vai resolver o problema. Vocês precisam se concentrar no lixeiro. Vocês precisam atacá-lo e tomar o lugar dele, ou forçá-lo a trabalhar adequadamente.

As pessoas levantam rabos de pavão para dizer: "Eu carrego meu lixo até encontrar uma lixeira!" Parabéns! Mas e se não há lixeiras nas ruas? E se estão todas entupidas? Seu esforço individual é adequado para resolver problemas da sua própria vida, mas não é adequado para resolver problemas coletivos. Para transformar uma sociedade, é preciso concentrar-se no poder que administra essa sociedade.

Boicotar carne, ou qualquer produto vendido em grande escala, é o mesmo que rezar antes de dormir – faz com que você se sinta melhor e, fora isso, não muda absolutamente nada.

Precisamos atacar – e é isso que nós fazemos. Como já temos um plano sólido, tudo que precisamos agora é de vigor para atravessar a faca além das mil peles de aço da Máquina.

Precisamos de mais soldados lutando por nossa causa – de forma que decidimos pelo fim do seu grupo. São demônios os que destroem o poder bravio da humanidade! Canalhas! Toda sua ideologia não vale mais que uma bíblia com um porco crucificado no lugar de Jesus Cristo. Brócolis alados para salvar o mundo! A organização Todos Vegetarianos é um grupo nocivo, disseminando palavras de falsa salvação e levando as pessoas a acreditar que egocentrismo idiota e atos vaidosos resumem suas obrigações sociais.

Se você ensina a um soldado que ele faz o bastante apenas comprando produtos selecionados, enquanto o inimigo queima nossas casas e estupra nossas mulheres, você é prejudicial e deve perecer – é por isso que sequestramos o seu líder.

#

Suas convicções são fantasiosas. Delírios de jactância canhestra. Uma confusão criada quando sua vontade de ser especial entorna sobre o caldo de uma narcótica e distorcida ética social. Uma pervertida campanha publicitária, patrocinada pelos grandes poderes que são os próprios responsáveis pela degradação ambiental, sugerindo que a culpa não é deles, mas sua! Minha! Que a chave para a vitória está em nosso esforço pessoal... Que se você economizar alguns litros de água, serão insignificantes os dejetos químicos que eles derramam nos rios às toneladas. Que se você comprar algumas folhas de papel reciclado, irá reverter o desmatamento industrial. Que se você evitar um filé durante a janta, os animais serão respeitados e assim por diante... É um plano falho – de um fracasso tão absoluto que seus legumes têm gosto de hóstia.

Toda essa ideologia não faz o menor sentido e só te convence porque apela à sua vaidade. Vocês dizem "conscientização", nós dizemos "modismo". Odiamos seus restaurantes com incensório e quadros de mau gosto. Suas barbas e cabelos meticulosamente desarrumados. Sua pretensão burguesa de rebeldia, usada como um ornamento. Suas roupas revolucionárias produzidas e vendidas em massa. Sua ideia de que são guerreiros! É ultrajante!

A despeito de toda toleima generalizada em torno do seu ideal, concedemos ao seu ponto de vista (licitamente representado por pessoas de reconhecida idoneidade moral, reputação ilibada e com notório conhecimento acerca do tema, incluindo seu líder sequestrado) inúmeras chances de contraditório e ampla defesa. Discutimos largamente sobre a validez e pertinência do seu grupo. Não existem mais possibilidades de recurso.

#

Nós entendemos que ninguém gosta de acordar de um sonho, seja ele um sonho bom ou ruim. Mas é apenas um sonho, vocês não percebem? Vamos considerar o sucesso de sua fantasia... Imaginemos que, todas as demais condições *coeteris paribus*, o seu comportamento se tornasse o padrão. Digamos que o vegetarianismo – lutando contra a Máquina, aliada aí à própria natureza do ser humano – conseguisse entortar e subjugar a linha do consumo de carne. Vamos supor, neste momento de alucinado desvario, que 80, que 90, que 100 por cento das pessoas já não mais se alimentassem de carne. E então? Você ainda precisaria alimentá-las!

A grande indústria da carne já acabou, mas a indústria da comida continua e, mesmo nesse cenário delusório, ela continuaria seguindo a lei corrompida e gananciosa da Máquina.

Ainda hoje, as grandes companhias alimentícias (os mesmos grupos que vocês boicotam) já aprenderam a tirar um lucro fácil de seu plano vaidoso. Tudo que precisam fazer é assinar uns contratos e abrir uma portinha com outro nome. Outra logomarca e uma pitada de marketing ecológico. E lá vão vocês, pináculos da sabedoria e da coerência, entregar suas moedas aos porcos em troca daqueles deliciosos produtos de soja...

E se te enfurece a vileza com que a Máquina cria bichos, NÃO SE ATREVA a imaginar que aqueles grãos receberam melhor tratamento.

#

Em florestas do mundo inteiro – onde a maioria de nós foi criada – conhecemos índios que sentem a necessidade de se desculpar para as árvores antes de cortá-las. Eles pedem permissão às árvores, e depois se desculpam.

Nós passamos a maior parte de nossas vidas entre as plantas e nós SABEMOS que elas estão vivas.

Quando vocês passam pelos talos e legumes nos supermercados, deveriam considerar que eles não vieram de uma bela colina, de onde pudessem desfrutar o aconchegante sol matinal. Esses vegetais não cresceram num chão disputado naturalmente – de onde poderiam absorver diferentes substratos a cada dia. A eles não foi dada a refrescante surpresa da chuva. Essas plantas não tiveram uma vida selvagem normal onde pudessem criar relações afetivas com outros elementos da natureza.

Plantas também podem sentir e se comunicar, em determinado grau, com aquilo que as rodeia – seja uma pessoa, uma raposa que passa, um pássaro que se aninha entre seus galhos, ou mesmo outras plantas circunvizinhas. Mas como aceitar isso, quando o senso comum tenta nos isolar num pedestal ególatra que nega pensamento a um cachorro? Quem nunca viu um bicho em dúvida, ou aprendendo a solucionar um problema? Ainda assim, somos ensinados que o pensamento deles é instinto, enquanto o nosso é raciocínio. Que os sentimentos deles são reflexos, enquanto os nossos são divinos. E que as plantas, então, são matéria inerte e insignificante, inseridas na Criação apenas para nos servir, quando na verdade é ao sacrifício delas que todos os bichos devem a vida.

Os vegetais que nos alimentam vivem confinados e plantados em série, cultivados com luz artificial e forçados ao supercrescimento doentio através de produtos químicos para satisfazer nossas preferências estéticas, alimentícias e nossas conveniências comerciais; exatamente como os porcos, patos e vacas pelos quais vocês estão dispostos a lutar.

#

Não se deixem enganar. Nossa indústria alimentícia é perversa, mas essa é apenas uma pequena parte do mal industrial que se derramou sobre nós.

O lixeiro é uma puta e as putas de verdade se transformaram em modelo de comportamento! O prefeito é egoísta, a igreja leva ao inferno, a polícia é criminosa e os trabalhadores indisciplinados. O médico envenena, a professora é ignorante, o psiquiatra ficou maluco, o advogado é culpado e a lista continua para sempre...

Vocês não podem mudar TUDO ISSO com uma DIETA! Existem poucos de nós dispostos a lutar. Vocês coletam essas sementes douradas para quê? Canalhas! Vocês guiam nossos guerreiros para os seus playgrounds infantis – onde são ensinados que, para salvar o planeta, tudo o que precisam fazer é desperdiçar seu tempo precioso em diligências fúteis e frustrantes como cobiçar um bife!

Criar nas pessoas a crença de que o boicote da carne resolverá o problema é abominável. É criminoso! Reduzir a capacidade de luta de uma população através de uma religião social que transforma reciclagem em orações e doações em dízimo está errado. Vocês não podem fazer com que as pessoas sintam-se protegidas e responsáveis, sonhando, enquanto o mundo queima ao redor delas. Basta olhar pros lados! A maioria se mata para que 1% veleje iates. A temperatura do planeta já vai se transformando. A fumaça continua subindo e os prédios desabando. A maioria se mata para que um grupo de malucos produza bombas melhores.

Precisamos enviar comida aos famintos e remédio aos doentes; compaixão aos seres vivos e sabedoria às futuras gerações. Filho da puta não vai abrir mão do seu império por causa de adolescente desfilando plaquinha. Fila em nenhum abatedouro foi interrompida pela expressão esnobe que você faz enquanto diz que é vegan. Seu plano é falho. As pessoas precisam lutar!

As pessoas precisam enlouquecer primeiro, para que elas tenham disposição de fazer o que precisa ser feito — e é exatamente isso que nós fazemos. Nós agimos.

Vocês, membros da organização Todos Vegetarianos, eliminam dos indivíduos a inquietação revolucionária e a capacidade de atuar em combate. Vocês canalizam esses sentimentos num faz-de-conta imbecil — da mesma forma que a religião explora a boa vontade de uma população, transformando-a num grupo de humildes escravos bem comportados.

A solução para os problemas contra os quais vocês lutam é a guerra, e não uma dormência egoísta de consciência tranquila. Vocês são apenas utópicos anatensores profiláticos tentando cochilar com a consciência em paz numa batalha onde a missão do guerreiro é justamente a atormentada vigília!

Vocês ensinam a essas pessoas que, ao se engajarem em missões pessoais insignificantes – ou seja, depois de se tornarem vegetarianas – elas não precisam mais pensar em revolução. Sua organização foi considerada nociva e o sequestro do seu líder é uma boa ação dentro dos seus próprios princípios: um sacrifício pelo bem do mundo.

Não estamos abertos a negociações e não queremos um resgate. Desejamos a dissolução do seu grupo, mas não fazemos exigências; apenas impomos condições.

Não somos do tipo que SUPLICA por melhorias, ou que negocia com os mesmos que condenamos. Somos os verdadeiros revolucionários, que com suas próprias mãos constroem a mudança.

Na verdade, não gostaríamos de ser considerados "revolucionários" – porque essa palavra já perdeu seu significado visceral. A Máquina usurpou a revolução de seu contexto real, transformando-a em mais uma *marca*. Uma simulação, onde a estampa de antigos guerreiros adorna inofensivos produtos mercadológicos, criando uma ilusão de rebeldia que satisfaz, de forma inócua, o desejo social de transformação.

A palavra correta para descrever nosso potencial não é revolução, mas terrorismo. A Máquina grita aos Quatro Ventos que seu antagonista é o "terror", então é exatamente isso que nós somos, no contexto comunicacional dos porcos: terroristas.

Não vamos esperar sentados, lendo informação nutricional em rótulos variados – buscando loucamente por qualquer traço de quimosina, ou de gelatina, como se estes fossem nossos reais inimigos – enquanto o mundo tomba aos nossos pés.

#

Queremos os guerreiros potenciais que atualmente frequentam o seu grupo – precisamos daqueles que compartilham honestamente do nosso ódio contra a Máquina. Esperamos que essas sementes douradas germinem e cresçam até nós.

Estamos seguros de que cada uma delas encontrará seu caminho, assim que estiverem livres das garras enganosas dessa fantasia boba que vocês criaram. Nós precisamos desses soldados e compreendemos que simplesmente dissolver seu grupo, *coeteris paribus*, não seria o bastante. Afinal de contas, como transformar num guerreiro aquele que se esquivou da responsabilidade de derramar sangue?

O aleijão de delicadeza que vocês cultivaram, infelizmente, ultrapassa os limites organizacionais da pessoa jurídica Todos Vegetarianos e não poderia morrer por meio das providências legais que estamos tomando para dissolvê-la. É exatamente por isso que precisamos do seu líder. Estamos preparados para criar uma contradição que libertará nossos irmãos.

#

Nossa organização tem planejado em silêncio

por muitos anos. Não queremos chamar atenção, porque nossa ideologia é séria e se afasta muito daquelas que são apenas um disfarce politicamente correto para o orgulho. Nós não queremos produtos especialmente feitos para nós, nem qualquer tipo de status social autoproclamado para aplacar nossa insegurança.

Temos esperado pacientemente. Durante longos e produtivos anos, realizamos muito e não divulgamos nada.

No que concerne particularmente ao problema vegetariano, é chegada a hora de tornar público que infiltramos vários pontos estratégicos de sua indústria alimentícia.

Apenas no grupo sob minha supervisão, a geração mais jovem de nossos guerreiros silenciosos passou praticamente toda a vida entre as plantas. Eu, particularmente, e meus dois gerentes imediatos, viemos de regiões tão obscuras das florestas brasileiras que o simples fato de viver numa cidade moderna – com o objetivo de finalmente engrenar a fase final do nosso plano – nos parece opressivo e imoral.

No entanto, aqui estamos. Não temos qualquer receio de sacrificar nossas conveniências – mesmo nossas próprias vidas – pelo ideal de um mundo melhor.

Atualmente, possuímos enormes fazendas; temos plantações gigantescas e sabemos tudo a respeito delas.

Desnecessário acrescentar que nossa facilidade de sacrifício e nosso conhecimento sobre o que fazemos nos garantiu uma posição líder no mercado veganista/vegetariano. De forma que (através da sua própria lógica) enquanto vocês continuarem seu estilo de vida idiota e desperdiçado, talvez vocês não estejam mais patrocinando a indústria de carne – mas vocês estarão patrocinando a nossa causa.

Vocês patrocinaram o próprio sequestro de seu líder e várias outras atividades revolucionárias que desenvolvemos no intuito de forçar a população potencialmente ativa pra fora de seus casulos de alienação.

Estamos lutando e vocês VÃO nos ajudar, de uma forma ou de outra.

Por favor, abandonem sua delicadeza. Vivemos num mundo bruto – vocês precisam entender isso. Com toda sua doçura e desejo de proteger os animais, se uma cobra preparar o bote aos seus pés, você não a matará? Viver num mundo bruto, sim, mas como pessoas livres e iluminadas!

Seu líder, parece apropriado dizer, está sendo tratado com grande hospitalidade e até ganhou um pouco de peso.

Ele ainda não sabe, mas seu destino é prover nossa diretoria com oportunidades de iluminação e transcendência, quando encontrar o fim comum de todos os nossos alvos veganistas/vegetarianos.

Iremos comê-lo.

RLPV!-JPNRDC
(Realidade, Liberdade e Paz Verdadeira!
Jonathan Pearce, Neal Richman e Douglas Cassady)

Foi um dia ruim para Raimundo

ERA INÍCIO DE PRIMAVERA e a cada dia o sol pintava mais cores. Pedro, completamente alheio às mudanças de estação (ainda que tão evidentemente metamorfoseado por elas), corria pelo jardim na varanda de sua casa com a alegria farta e perfeitamente sem propósito que só floresce em crianças e budas.

Pulou alto (na verdade um pulico de nada, caso você pudesse ver o garoto além das grades do portão, mas que na cabeça dele era um pulo gigantesco, fruto de viril e extraordinário esforço) para cair rolando na grama, como um policial de filme ruim. Ensaiou golpes desastrados de kung-fu autodidata. Voltou a correr, inicialmente desequilibrado, mas pra logo se aprumar e, em seguida, experimentar com os braços levantados e a cabeça jogada para trás.

Um calango se incomoda com a energética presença daquela criança e decide abandonar o abrigo sob a folha de uma bromélia. Sai, ironicamente, exibindo a sua própria corrida – que acontece naqueles passos engraçados e quase invisíveis que os calangos pisam quando estão com pressa.

Henrique, que vinha justamente visitar o amigo, viu Pedro no jardim e parou sem reação frente à grade do portão. Sentia o impulso de chamar pelo outro diretamente, com a voz, mas sua mãe vivia reclamando de quem gritava ao invés de tocar a campainha. Acautelado, levou o dedo ao interruptor.

Ato contínuo ao bling-blong abafado da sineta, por trás de tantas paredes, Pedro parou de correr e buscou o portão com os olhos. "Vassoura!", gritou de onde estava, "Peraí, que vou lá dentro buscar a chave, véi!" Voltou a correr e agora sua missão era abrir o cadeado. Com a urgência pertinente e desnecessária, atravessou a varanda para desaparecer porta de casa adentro.

Enquanto esperava, com as duas mãos inexplicavelmente agarradas à grade de ferro que o separava do jardim, Henrique decidiu que era hora de por um basta naquela situação. Quando o outro voltou, disparou:

- Você me chamou de Vassoura de novo. Vou ter que voltar a te chamar de Cabeça?

- Mas eu nem sou cabeçudo, véi.

- Eu também não s...

- Seu cabelo é engraçado, cara. Num tem jeito. Por que você não corta?

- É minha mãe quem corta e ela só gosta assim... Fala que eu fico parecido com um tal de Dim Mórissom.

Henrique odiava Dim Mórissom. Ele queria raspar o cabelo, pegar muito sol e ficar igual ao Maique Taisom.

- Bora correr na grama comigo, véi? Tô inventando várias brincadeiras, saca?

- Sei não, Cabeça. Tô com vontade de nadar... (Ele não percebia que suava, ou se atrasava em considerações sobre o calor. Para o garoto, não existia nada entre o Sol e a piscina.) E, aqui, você não acha que está falando "véi" demais não?

- Nossa, mas até *eu* já tô incomodado com isso, véi. Toda frase que eu falo tem um *finalzinho*, saca? Tá chato mesmo. Vou parar de fazer isso, véi.

Após um instante cheio de descobertas mútuas e silenciosas, os dois compartilharam uma gargalhada espontânea. Mais autoconsciente, Pedro continuou:

- Também quero nadar. Deve estar bem legal lá no clube. Deixa só eu...

Foi interrompido por duas patinhas amigáveis que lhe pousavam sobre a coxa. Era Fanta, sua pequena vira-latas — famosa na vizinhança por correr em círculos, tentando morder o próprio rabo.

Apenas Pedro a chamava pelo nome, como fazia agora enquanto se curvava para dar-lhe um pouco de carinho. Os outros preferiam chamá-la de "Voltinha", evidenciando a relação espectador/espetáculo (ou manipulador/objeto) que mantinham com a bichinha. O garoto também se diferenciava dos demais, nas questões referentes à sua amiga, por se referir à cadela como "cachorra". Todos o corrigiam, mas ele acreditava que cada palavra tem seu lugar e guardava "cadela" para as discussões com a irmã.

- Deixa só eu colocar uma sunga debaixo da bermuda e avisar pra minha mãe...

E já corria de novo, enquanto Henrique tentava provocar "Voltinha" para que também corresse — em círculos, perseguindo o próprio rabo.

Então agora os dois garotos vão caminhando pela rua, conversando animadamente — como se definir quem era o mais forte, entre o Batman e o Lanterna Verde, fosse uma questão importantíssima. Muitos empregos, ou vidas, ou reputações dependiam daquela resposta e cabia a eles, como entendidos e entusiastas, administrar o inquérito através de uma complexa balança técnica.

O Lanterna Verde é mais *poderoso* do que o Batman? É claro! Mas o Batman é muito mais inteligente e engenhoso. Se o Lanterna perde o anel, já não aguenta nada. O Homem Morcego, por outro lado, é poderoso o tempo todo, mesmo que tenha perdido o cinto de utilidades.

Cansado de teorias, Pedro imagina que um dos oitis plantados na calçada é um inimigo ninja. Corre até lá e dá um voador no tronco da árvore. O chute é acompanhado por um grito desafinado e indiscutivelmente satisfeito.

Alguns metros à frente, Henrique assobia para chamar atenção e planta bananeira na calçada. Caminha "passos" com as mãos. Quer mostrar que também sabe seus truques...

Sentindo-se desafiado pelo amigo, Pedro decide que é hora de superar-se:

- Manja essa!

O moleque ainda nem sabia o que fazer, mas ambicionava uma vitória impressionante. Queria *transcender*, mesmo que tal conceito sequer habitasse ainda o seu incipiente universo linguístico.

Enquanto esperava que a inspiração o invadisse, resolveu fazer pose para canalizar os chacras – como naquele anime que sua irmã estava sempre assistindo... Fechou os olhos, concentradíssimo, abriu as pernas um pouco e levantou as mãos em direção às estrelas (que apesar de invisíveis, continuavam lá).

Henrique observava o amigo com grande expectativa.

Num movimento brusco que surgia por si só, sem causa aparente, Pedro baixou os braços. No mesmo instante, um raio cortou, inexplicavelmente, o límpido céu azul daquela manhã sem nuvens e arrebentou no meio da rua, cerca de 100 metros de onde os garotos brincavam.

Henrique estava maravilhado. Tinha que aprender aquele golpe!

Acreditava que o silêncio de Pedro era um sinal de profunda meditação pós-mágica. Não sabia que o amigo estava paralisado pelo susto, prestes a se mijar na roupa.

⁂

Matilde temeu por sua vida quando o raio caiu tão perto. Não *viu* o acontecido, mas lá à sua maneira ela sentiu tudo que havia pra sentir. Aquilo não estava certo, um raio caindo naquela situação. Ela não sentia a sombra, o vento e nem as gotas de chuva. Apenas o toque acolhedor do sol da manhã. Alguma coisa estava muito errada por ali. E ela sequer poderia correr.

Enviou mensagens às amigas e, como era a que estava mais perto do impacto, foi muito questionada. A gente chamaria todo esse processo de liberar e receber pequenas partículas químicas, na forma de gases, mas para elas era apenas conversar.

Matilde era uma árvore privilegiada. Tinha muitos amigos, mesmo entre aquela espécie estranha que geralmente lhes tratava com desdém – como se os vegetais fossem inertes e insensíveis. Agorinha mesmo ela brincara de lutinha com uma criança da vizinhança. O moleque sempre vencia. Ele era rápido demais para Matilde, que, mais evoluída, não se abatia por perder. Ela gostava de fazer amigos.

Talvez por um desejo secreto de se mover como os bichos que passavam, ela gostava do vento que acariciava suas folhas. Ela se movia, por conta própria, apenas enquanto crescia. Gostava das cócegas que a chuva fazia enquanto descia à terra e gostava da sensação refrescante que vinha depois... Aguardava ansiosa a revoada diária dos pardais que procuravam abrigo em seus galhos, durante o entardecer. Eles cagavam muito, é verdade, mas Matilde não compartilha o sentimento humano de aversão por excrementos. Para ela, é adubo. É agradável. Ela também gostava do toque suave do sol, como o daquela manhã. Mas de raio não gostava. Era muito perigoso e assustador.

As amigas confirmavam que a situação atmosférica não era compatível com o fenômeno. Ninguém entendia nada. Matilde – que era privilegiada, como já foi dito e demonstrado, pois ela tinha até um nome – ficou um pouco mais tranquila quando sentiu que Roberta se aproximava.

Roberta cuidava da árvore, pelas manhãs, e era a única que se referia a ela pelo nome. Foi Roberta, inclusive, quem batizou Matilde daquele jeito. Quem lhe deu identidade. Ela era uma amiga especial e Matilde gostava especialmente dela. Se tivesse a oportunidade, a chamaria de mãe.

※

Fanta ficou triste quando seu dono saiu de casa, mas só durou um segundo. O fluxo do tempo, para ela, era uma cachoeira invencível. A correnteza era tremenda – peremptória – e seria impossível aquietar-se em reflexões estáticas, aborrecendo-se pelo que não é.

Inspirada, resolveu perseguir o próprio rabo para passar o tempo. Ficar zonza era um de seus grandes prazeres. Era a sua maconha.

Antes de começar, entretanto, empinou as orelhas e cafungou três vezes. Queria certificar-se de que não havia ninguém por perto. Estava aprendendo a evitar o vício quando havia gente olhando. Elas gostavam. Gostavam *muito*, e esse era o problema. Sempre queriam mais e mais... Quando a onda batia e ela sentia uma satisfação que exige descanso, parando de rodar, eles puxavam seu rabo até que ela rodasse de novo. Se não fizesse, eles ficavam irritados. Batiam, com força, o pé no chão. Gritavam e faziam barulho para que ela ficasse com medo e fosse embora dali.

Terminada a avaliação das redondezas, convencida de que estava sozinha, Fanta rodou e rodou e rodou... Até ficar zonza. Parou um pouco para recuperar o fôlego mas, antes que pudesse arfar pela primeira vez, uma explosão gigante veio lá de fora. Alguma coisa tinha se zangado. Era melhor continuar com a coisa do rabo. Rodopiou mais rápido que nunca.

Raimundo se deleita sob a folha da bromélia. A temperatura está perfeita. Que bela manhã de primavera! Um agitação súbita na paisagem e ele percebe dois pés bagunceiros que correm pelo jardim. É o fim da tranquilidade. Aquele lugar é pequeno demais para que uma criança alegre e um pouco de sossego compartilhem dele. Raimundo sai correndo naqueles passos engraçados e quase invisíveis que os calangos pisam quando estão com pressa.

Existe alguma hesitação para descer o pedaço de muro que o separa da rua. Raimundo está ficando velho. Mas o que falta de força, ele compensa com sabedoria. Percebe rapidamente os melhores lugares para se pendurar.

Agora está na calçada. Nenhuma sombra abençoada por ali... Atravessa a rua, apressado, para evitar outro garoto que se aproxima do portão. Raimundo é um calango vivido. Ainda jovem, por acidente, veio da roça na parte de trás de um caminhão. Ele tem uma desconfiança justa e razoável em relação a esses monstrengos gigantes que andam com apenas duas patas. Esses bichos que os outros animais no sítio chamavam de "o parasita dos bois".

Tenta alguns lugares, mas seu temperamento exigente não aprova nenhum deles. Chega a ficar alguns minutos debaixo da folha de uma castanheira, mas acha a que vista é muito limitada dali. Além do mais, sabe que corre o risco de ser atropelado num esconderijo tão frágil.

Continua descendo a rua. Percebe que os garotos estão próximos outra vez e se esconde numa rachadura entre os paralelepípedos. Deixa que os gigantes se afastem até uma distância segura. Que dia difícil... Será que não vai poder aproveitar aquela manhã tão propícia para um pouco de descanso e paz?

Percebe uma área promissora. Precisa averiguar. Levanta um pouco a cabeça, na tentativa de ver melhor. Confirmado: sim, aquele era o jardim perfeito. Tem a impressão de que um raio de sol se insinua com mais intensidade sobre uma roseira. Um pouco mais de imaginação e poderia ouvir lagartixas aladas cantando.

Se as coisas continuarem melhorando, é possível que ele encontre uma linda barata, deliciosa, para o almoço. "Obrigado, Grande Lagarto Rei!"

É muito importante agradecer cada benção. Fica ainda alguns instantes contemplando aquela sombra perfeita. Nunca chegou até lá. Foi um dia ruim para Raimundo.

※

O dia está bonito lá fora e Roberta está feliz. Ela dança e sussurra melodias enquanto prepara o café da manhã. Sabe que Beto, seu marido, vai levantar a qualquer momento. Sabe que aos domingos, geralmente, ele acorda sem fome – mas que faz questão da refeição pronta.

Roberta sabe muitas coisas sobre ele e pensar nelas vai arrancando camadas de sua felicidade espontânea. Ela já não o ama como antigamente. Nem saberia dizer se ainda gosta dele. Sequer considera. Ela evita a questão. A vida é dura.

Sua mãe dizia que nenhuma mulher sensata poderia ter se casado com alguém conhecido pelos amigos como Carne-Seca. Chamava Beto de bêbado e brutamontes. Roberta não se importava com nada disso. O que realmente a desagradava era a insistente mania que ele tinha de dar bom-dia às garrafas de conhaque.

Roberta era só fraqueza e boa vontade. Tentava ser compreensiva. Além do mais, a vida é dura pra todo mundo.

Ela toma cuidado para não se queimar enquanto segura a frigideira pela beirada, com um pano. O cabo quebrou há algum tempo e ninguém tinha pensado em comprar outra. A omelete agarrou no fundo e virou ovos mexidos. Termina aquela parte. Coloca os ovos num prato e vai até a sala de jantar colocá-lo junto com o pão, a manteiga, o café e o leite. Busca Carlinhos, o gato de cerâmica, para enfeitar a mesa. Desde pequena, ela tem a íntima mania de dar nome aos seus amigos – às coisas inofensivas, que não se aproveitam de sua fragilidade. Vai até a geladeira pegar queijo e presunto. Fica indecisa em relação ao iogurte.

Beto bate a porta do quarto e tropeça até a cozinha. Abre o armário e diz "Bom-dia!", mas Roberta sabe que o cumprimento não é para ela. Pergunta se ele quer iogurte. "Não. Estou sem fome."

Ela vai para a mesa e começa a comer sozinha. Beto pergunta por que não tem panquecas. "Eu ia fazer, mas você disse que não está com fome..."

Ele se aproxima e a levanta pelos cabelos. Ergue o outro braço, numa ameaça de soco. "Se eu não estou com fome, é problema meu." Ele a sacode um pouco, pelos cabelos. "Tem que ter panquecas todo dia."

O soco não veio. Ela estava com sorte, chorando calada de cabeça baixa. O brutamontes solta a mulher e volta para o quarto, resmungando incoerências com a garrafa que abraça no peito.

Roberta, sem fome, foge para o jardim e procura pensar no lado positivo: é bom ter um homem forte em casa. Sentada de frente pra rua, ela tenta parar de chorar. Está muito triste para se divertir com o moleque que passa correndo e chuta sua árvore, Matilde, além do portão. A vida é dura.

Ela tenta se controlar e não sabe o que fazer. Ela reza e pede por um sinal.

Então algo chama sua atenção, no meio da rua, e seus dedos automaticamente esfregam lágrimas para ver melhor. De repente, aquilo acontece e ela toma um susto. O coração bate afobado e ela ainda não sabe se está mais impressionada por causa do calango que encarava seu jardim com a cabeça levantada e parecia sorrir, num sinal de que estava tudo bem, ou por causa do raio que caiu em cima dele.

Desabafo

É NATURAL QUE EU NÃO TENHA DORMIDO BEM nos últimos dias. Pra ser sincero, tenho dormido como um anjo – mas acordado eu sinto medo da cama. O problema são os sonhos ruins.

Não poderia me referir às minhas fantasias noturnas como "pesadelos". Não seria justo. Tudo o que mais quero é ficar bem com Laura – e é justamente isso que tem me acontecido durante o sono.

Ela aparece sorrindo. Diz que quer viver comigo. Que já não pensa no passado e que vamos recomeçar do zero. Ela me aceita. Ela me perdoa.

É sempre a mesma coisa. Sempre a mesma vontade de chorar. Sempre a mesma explosão de sentimentos. Eu não me canso. Eu mergulho. Então ficamos abraçados e, durante todo aquele tempo vago dos sonhos, eu posso acreditar. Mas a manhã chega logo, implacável, e eu acordo de novo. Preciso encarar a realidade dos fatos. Apenas um sonho...

Podemos chamar de "bom" um prazer que vem para o mal? É boa a droga que nos eleva às nuvens, apenas para que despenquemos de mais alto no chão? Eu durmo pesado, sem interrupções. Com a cabeça leve, provavelmente sorrindo. Acho que todos entenderiam isso como uma ótima noite. Mas e quanto à próxima noite?

Dormir tornou-se algo terrível. Eu tenho medo de pegar no sono, porque quando acordo dói demais.

No primeiro dia que os sonhos vieram, levantei radiante da cama e foi assim que desci correndo as escadas – ainda bêbado de sentimentos felizes. Durante toda a minha vida, eu nunca experimentei tamanha rejeição de nenhuma das minhas mulheres. Aquele primeiro sonho, e o retrogosto que ele deixou em meu coração, inspiravam uma certeza absoluta do sucesso. Tudo vai dar certo. É o fim das agressões; do abandono.

Eu entro no porão e cada pedra na parede do corredor parece piscar pra mim. Eu acredito piamente – porque queria tanto acreditar – que o sonho era um sinal, um presságio, e que Laura havia realmente e finalmente me perdoado.

Mas assim que eu causo perturbações na porta de ferro, ao abrir os cadeados, já posso ouvir os gemidos e o choro baixinho que recomeçam do outro lado. Minhas pernas tremem e a tristeza volta, mais forte do que nunca.

Já faz quase um ano, e ela ainda chora todos os dias.

O fim da bruxaria para os alquimistas vampiros

APESAR DO POUCO TEMPO QUE ME RESTA, sento em sacrifício como um fanático medieval que abriria a própria barriga por uma questão de princípios. Sento – sem pressa, ainda que perfeitamente atento à proximidade do abismo – para escrever. Resignado. Desde a primeira linha consciente que sento para escrever um texto longo e (para a imensa maioria) um texto aversivo; algo que não mereceria um "Curtir" no Facebook.

Num movimento contrário à vontade viril e egoísta de surfar ondas que o mundo atira sobre mim – abdicando de um mergulho prazeroso e solitário na ânsia crescente de experimentar, antes do fim, uma fatia mais grossa do maravilhoso imprevisível infinito – eu sento à margem semiótica para atirar pedras num lago de palavras. Crio ondas nas quais você, supostamente, poderia surfar. Mas é inútil.

Eu tenho algo a oferecer, e vou jogar pra cima.

Sei que no jardim de caminhos que se bifurcam vou acertar alguém, mas eu não queria "alguém"; eu queria "qualquer um". E ainda que eu esteja em condições de revelar meus segredos para qualquer um, não é qualquer um que poderia ultrapassar esta fronteira sem muros: você precisaria confiar em mim.

E eu sei que, porra, com todo esse lixo verbal que nos sufoca – toda essa gente, por toda parte, falando merda – é difícil confiar num texto. Será ainda mais difícil confiar neste. Mas pense nisso como num exercício – certo esforço será necessário. Esforço é bom e deve ser exigido das conquistas e descobertas para que estas não se transformem em charlatanices superficiais e passageiras. Fogo fátuo. Não! Nós queremos comer os frutos, não estamos interessados em descrever as flores.

Então certo esforço é inevitável. Afinal de contas, se você nem consegue subir numa pequena árvore, não merece qualquer vista elevada; não poderia compreender o que ela significa de verdade, ou mesmo apreciá-la adequadamente.

Estou criando uma escada aqui, nesta montanha do universo – construindo algo para domar a pedra e facilitar o caminho de quem chegar depois – mas não é uma escada rolante. Ao aproximar-se, não o faça com preguiça. Quem não escala não merece as alturas e só lhe cabe viver no chão.

Você é qualquer um, ou um qualquer? Quem é você? Olhe, em primeiro lugar, para o mundo que te circula imediatamente. É fácil perceber que o mundo dos seres humanos tem mudado muito ao longo dos últimos séculos e que a nossa situação não encontra par na imensa galeria dos milhares e milhares de anos da História. Você não precisa CON-FIAR em mim nesse ponto. É um fato.

Dizem que se todo o tempo fosse comprimido no espaço de um único ano, o próprio ser humano só teria surgido no último minuto da última hora do último dia. Seria justo dizer que, numa compressão similar da história da humanidade, a energia elétrica, a imprensa e a internet também teriam surgido apenas no último instante. Essas novidades são seu chão, sua água e seu ar. Você está aqui; brotou sobre uma montanha de ossos e ruínas de civilizações antigas e não precisa mais de ser uma pessoa extraordinária para tornar-se um mestre.

Você está cheio de tecnologias e inovações – em si mesmo, e ao seu redor – e está sempre a um único passo de uma enorme transformação. Você só precisa decidir-se e dar alguns murros pra avançar caminho. O primeiro murro é confiar em mim. Você consegue?

Eu quero registrar o fim da bruxaria para os alquimistas vampiros, mas eu também queria deixar uma chave mestra que sirva àquelas pessoas se debatendo contra uma porta invisível. Um aparelho simples e amigável como uma chave. Algo para quem não é gênio, artista, cientista, ou qualquer outro tipo de fisiculturista mental. Para quem não poderia realmente penetrar no segredo de teorias avançadas como física quântica, alquimia, filosofia, ou zen budismo. Uma escada que se mostre a qualquer um com boas intenções e pernas saudáveis.

Os alquimistas e zen budistas estão falando sobre a mesma porta, há séculos, acompanhados por santos, místicos e gênios. Eles têm apontado com 30 dedos cada um, mas a linguagem deles é muito distante da linguagem comum. Eles abriram a porta e o que viram do outro lado não pode ser descrito. Então eles conversam em duas línguas ao mesmo tempo. Acendem fogueiras que aquecem a uma sala e apenas iluminam a uma segunda. Transitar entre essas duas salas geralmente é muito difícil e, naturalmente, não é possível conhecer o fogo apenas olhando para ele.

Em outras palavras, para aquecer-se no fogo dos místicos e compreender que porra era aquela da qual eles estavam falando era necessário um esforço extraordinário do intelecto, da percepção e da vontade. Esse tempo já passou e estou aqui para atualizar o panfleto.

Não há nada de vergonhoso para uma pessoa que encontra dificuldades na compreensão da alquimia, ou do zen budismo. Não é um demérito para ninguém. É o conhecimento que está muito distante das nossas práticas diárias – exige um esforço grande demais para tê-lo docilmente sentado no colo, ronronando sorridente enquanto você o acarinha. Um atleta que dedicou sua vida ao esporte poderia desprezar o resto dos homens por não estarem aptos a participar competitivamente de uma maratona?

Um Golias teria o direito de zombar daqueles que não conseguem abrir uma parede? Cada um nasce com um dom. E *você* não precisa mais de músculos espetaculares para abrir uma parede. Há uma porta eletrônica, com sensores automáticos.

Então basta continuar lendo – não importa o quão ilógicas, repetitivas, intermináveis, ou mesmo estúpidas minhas palavras soem – eu tenho algo para oferecer. Algo especial, como um segredo à vista de todos. Uma porta eletrônica que se revela na pedra, enquanto você se aproxima confiante. Algum esforço será exigido, é claro. Mas é pouca bosta:

Continuar lendo.

Confiar em mim.

Confiar, por exemplo, que um texto – que mesmo *este* texto – pode transportar algo além das palavras que contém. É nesse "algo além" que estaremos concentrados, e não nas palavras que usaremos de ponte para que você possa caminhar até lá – de forma que se agora cito o Sefer Yetsirah, isso não implica numa contextualização judaica do meu discurso. É apenas mais uma das tantas embalagens para o nosso produto. Mais um tijolo em nossa ponte. Todos os caminhos levam a Roma e, chegando à citação prometida, "siga, daqui em diante, e pense naquilo que a boca não pode dizer e o ouvido não pode ouvir".

Parece complicado? Realmente é, mas nem tanto... Não para nós dois. Eu sou um alquimista vampiro e falo a língua do povo. Até uma criança poderia me acompanhar. Um leitor determinado e destemido empurrará seu caminho pra frente com absoluto desprezo por qualquer coisa que lhe pareça estorvo ou perigo. Nem a Nata de oito braços poderá impedi-lo. Até os quatro setes do oeste e os dois três do leste correrão desbaratados para abrir-lhe caminho.

Se você não é determinado o bastante, tudo bem. Será como perceber o vulto de um cavalo galopando através da janela. Que seja... Considerando a poluição sobre o lago onde atiro pedras, reconheço que talvez um relance desse admirável cavalo seja tudo que eu possa oferecer à maioria.

A culpa não é sua, ou minha, ou do cavalo. É a poluição. Incansáveis bocas ignorantes cuspindo regras. Erguendo cercas. Solidificando preconceitos.

Quantos me acusariam de ser um ridículo, por exemplo, à sugestão de que no mundo nada se acumula ou permanece; tudo surgindo novamente do nada a cada instante? Você me levaria a sério, ou já está desconfiado?

A maioria, com certeza, já parou de ler.

Agora que espantamos os fracos – os gordinhos que querem participar da corrida, porque acham bonito, mas que chegando lá não têm nenhuma intenção de suar – já podemos começar a brincar. Até uma criança poderia fazê-lo. Eu falo e você imagina. É simples assim.

Imagine. Um outro planeta – um outro mundo, como nos filmes – onde todos os homens (ou como quer que você prefira chamar os habitantes dessa realidade que, sendo criados para ilustrar uma realidade nossa, são criados à nossa imagem e semelhança) ocupam-se exclusivamente da subida de uma montanha. Para simplificar ao máximo nossa imagem (enquanto a expandimos), descartemos também as necessidades de alimentação e evacuação; as intermitências entre o sono e a vigília; mesmo o dia e a noite.

Neste nosso universo imaginado há "homens" que se ocupam na subida de uma montanha, aparentemente infinita. Eles sobem por diversas trilhas intermináveis enquanto nascem, conversam e morrem... Nós dois somos peregrinos numa dessas trilhas. Em determinado momento, percebemos que não há ninguém por perto – viajamos isolados, como estamos aqui isolados nestas linhas.

Eu tomo a dianteira, porque você torceu o pé, e, inesperadamente – por trás de uma grande pedra onde não poderíamos imaginar qualquer coisa além de mais subida – eu encontro um platô. Nesse platô há um rio – algo desconhecido, que nunca tínhamos visto e sobre o qual sequer havíamos ouvido falar...

Agora chegamos à parte mais importante desse cenário imaginado: eu volto até a beirada da pedra, excitado com a descoberta, e de lá grito as novidades para você, que vem chegando. Eu tento descrever o rio, sendo que nós nem temos uma palavra para explicar o que é água! Não seria estranho?

"Ora, mas vejam esse idiota, falando de fantasmas... Inventando coisas que não existem! Por toda parte, em qualquer lugar, existem apenas pedras."

Eu posso afirmar com segurança: o que eu digo é verdade. Mas aquilo que pretendo transmitir está muito além das palavras.

Se você não conhece *água*, não existem palavras possíveis para descrever *rio*. As palavras que estou prestes a enfileirar tratam de assuntos aparentemente ilógicos e talvez até mesmo aversivos para a maioria dos ouvidos – tão delicados, mimados e acostumados a ouvir apenas a infinita repetição de tudo aquilo que já sabiam.

Eu sinto que se você confiar em mim, as palavras perderão o sentido e nesta conexão direta entre nós você roubará a água, o rio e tudo mais que eu posso ver.

Peço confiança e estou pronto para oferecer, em retorno, a mesma coisa; de forma que não farei qualquer esforço rigoroso para convencê-lo. Será difícil acreditar em mim, e para convencê-lo rigorosamente das coisas que estou prestes a escrever seria preciso mentir.

Construir nomes lógicos para as coisas-sem-nome: tarefa de charlatões.

Tantas mentiras podem ser ditas usando os nomes adequados... Você não deveria realmente se importar com eles. Nomes. Eles provavelmente ainda não têm o som correto nos seus ouvidos. Apenas confie em mim; continue segurando minha mão, enquanto me espalho de propósito para espantar os que não merecem o transe de nossa companhia. Venha comigo e você entenderá o que penso quando falo sobre nomes.

Um nome é símbolo; não precisa ser um substantivo; sequer precisa ser uma fórmula verbal. É uma codificação simbólica que aponta (como uma seta) para qualquer objeto, ou fenômeno. Alguns consideram a bíblia inteira como um único nome para Deus, por exemplo. Também é possível nomear entidades que não sejam pessoais. Assim como a palavra Pedro dá nome a um grande número de garotos, a fórmula "O quadrado da hipotenusa é igual à soma dos quadrados dos catetos" é nome para certa relação entre os lados de um triângulo retângulo.

Mesmo no caso de entidades matemáticas, de definição positivamente rigorosa, você pode nomear os mesmos objetos várias vezes, de formas diferentes, sem que isso interfira na essência daquele objeto.

Aqui, por exemplo, está outro nome para a mesma relação que descrevi acima:

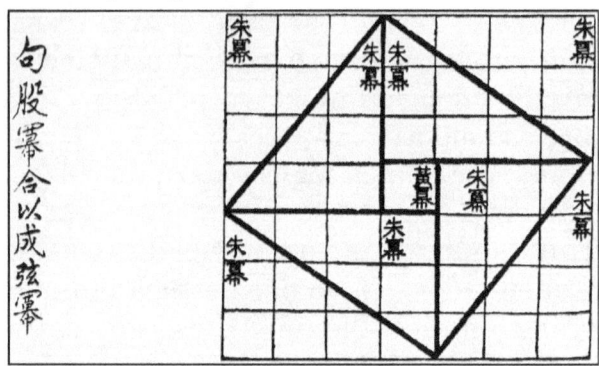

Você pode nomear a mesma relação de várias formas diferentes; você pode até suprimir todos os nomes e a relação ainda existirá, inabalável. Nomes são meras moedas de troca – e nem tudo está disponível no comércio.

É muito fácil criar nomes matemáticos, uma vez que eles descrevem uma ideia de perfeição encontrada apenas em nosso raciocínio lógico. Nomes são lógicos; quanto mais lógicos forem os objetos, mais fácil você poderá nomeá-los.

Não existem nomes lógicos e perfeitos para a viagem que faremos neste texto. Considerando a relação de confiança que precisamos estabelecer, vou rejeitar a tentação (pecado original da ciência) de distorcer os fatos numa tentativa de encaixá-los em um nome lógico e linear. Distorcerei os próprios nomes, deixando as coisas-sem-nome tão puras e inalteradas quanto as posso perceber. Em outras palavras, estou renunciando ao plano mesquinho de GANHAR, ou CONQUISTAR sua confiança. Seria fake. Você não pode *compreender* o que estou prestes a escrever. Você precisa confiar em mim.

Eu tenho ouvido tantos nomes, para tantas coisas – e percebo neles tamanha falta de importância fundamental – que fica cada vez mais difícil quando tento falar.

Se você continua interessado (se você tem o músculo) imagino que você também se sinta acorrentado à lógica, de alguma forma. Você provavelmente já teve vontade de perder o controle, apenas porque precisava disso. Eu quero te mostrar a porta, para que você possa, então, deixar de atacar as paredes. Mas primeiro você precisa aprender a ouvir. Fodam-se os nomes. Apenas confie em mim.

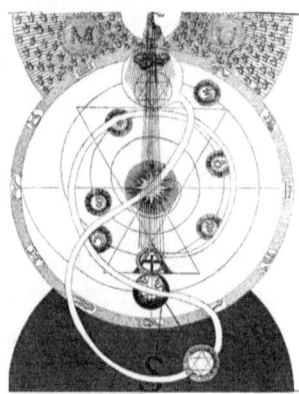

Existem oito níveis (ou círculos) de realidade que um ser humano pode manejar – ou, pelo menos, foi esse o número que eles me deram.

O número exato não é importante. Para que eu possa te falar sobre o *rio* onde nadamos, basta identificar os primeiros – aqueles cuja atmosfera permite a sobrevivência das palavras – e reconhecer que há muito mundo depois disso.

O primeiro círculo que nos interessa é o das conclusões imediatas. Aquelas que podemos compreender diretamente, no agora, utilizando as ferramentas da nossa observação individual e instantânea. Conhecimentos como "Estou com fome", "Esta flor é vermelha", "O fogão está quente" e "Esse escritor é maluco".

É muito fácil perceber a diferença entre esse e o segundo círculo do qual vamos tratar, que, para simplificar, vamos identificar com a ciência.

Ciência é a realidade que um cego chama de conhecimento profundo. Apesar de sua grande utilidade, ciência não é Conhecimento (com maiúscula) – mas apenas a sistematização das relações entre os rudes objetos que podem ser desenhados simbolicamente na louça de nossa mente.

No primeiro círculo, você pode concluir que um soco foi forte, ou que um carro passou rápido. Mas seria impossível concluir, naquela realidade puramente imediata e reativa, a relação precisa entre força, massa e aceleração.

Há um nível de realidade, ao alcance dos homens, que revela relações e conhecimentos inacessíveis aos que habitam exclusivamente o primeiro círculo. A diferença é muito clara e ilustrativa. Tão evidente que poderíamos compará-la à oposição entre *perceber* e *compreender*.

Note que, lá atrás, eu não disse: "Existem oito níveis de realidade que um ser humano pode *compreender*." Eu disse *manejar*, uma vez que *compreender* é um fenômeno limitado ao segundo círculo.

Ainda que a maioria reconheça conscientemente apenas esses dois primeiros círculos de realidade, muitos têm vislumbres dos outros seis. Você provavelmente já soube (e eu digo *realmente soube*) algo que não poderia descrever, sistematizar, ou mesmo compreender.

Vamos falar de coisas invisíveis e, antes que você as inspecione pessoalmente, será preciso confiar em mim. Uma confiança que precisa atropelar os preconceitos absurdos de escravos do segundo círculo. Essa gente que despreza o invisível, em nome de uma confusa (e igualmente invisível) objetividade.

O magnetismo, por algum acaso, é algo incerto e duvidoso por ser invisível? Se você sente medo e é impossível imobilizar esse medo sobre uma mesa para dissecá-lo, isso quer dizer que ele não existe, ou que não deveria ser considerado?

Os idiotas do segundo círculo confiam cegamente na matemática; mas quem já viu um triângulo retângulo de verdade? Os objetos do mundo real, se investigados, demonstrariam que nenhum triângulo retângulo perfeito existe em qualquer parte do universo. Eles existem apenas em nossa imaginação, como conceitos. E se a matemática e a física lidam com conceitos fantasiosos que não existem de verdade, o medo que sentimos não é mais real e mais objetivo que qualquer uma de suas fórmulas?

É natural procurar por um apoio, enquanto investigamos, mas idolatrar conceitos "perfeitos", que só podemos compreender perfeitamente JUSTAMENTE porque eles foram inventados por nós, e desprezar o resto do mundo real me parece um pouco ignorante.

O ser humano pode ir além da compreensão. E se essa afirmação parece ousada demais pra você, basta um pouco de confiança. Experimente e acredite. Eventualmente, a coisa se mostrará para você. Pode ser que isso te acerte em alguns dias, ou em alguns anos. Pode durar um segundo, ou uma hora. Não importa. Se você estiver atento e confiante, perceberá por conta própria a relevância do que estou dizendo. Quem buscar por eles os encontrará, porque esses círculos, ainda que não possam ser perfeitamente compreendidos (como os triângulos retângulos), existem de verdade e você pode manejá-los. Basta um pouco de confiança.

Retomando o que já deixei claro logo de início, eu mesmo uso de confiança quando afirmo que existem oito círculos de realidade. Para ser absolutamente sincero, eu sequer poderia enumerar ao certo quantos desses círculos eu mesmo conheço. Como um homem de conhecimento, sou incompleto. Eu posso manejar vários níveis de realidade, mas sou vampiro alquimista e não os fui descobrindo ordenadamente. Não consigo individualizá-los com nitidez.

O importante, aqui, é estabelecer que a compreensão – o domínio do segundo círculo – representa apenas uma pequena parte do Todo.

No caminho do conhecimento, o segundo círculo é para tímidos amadores – as palavras e nomes que conhecemos não têm poder real além de seus limites. É imprescindível que nossos sábios rompam a barreira da ignorância, para desbravar o mundo além das palavras. Vou tentar explicar o motivo, ainda que o tema já vá se afastando do alcance das palavras.

Há algo em nossa natureza que, se não for pisoteado pelo conhecimento, afasta-nos da liberdade. Guia-nos para o inferno. É um medo secreto do sucesso, que não quer lidar com a necessidade de novos desafios que ele traz consigo. Um covarde que tem horror ao infinito e às suas intermináveis possibilidades. Um desespero afobado de chegar logo a algum lugar, ainda que a luta dure o mesmo tempo e não leve a parte alguma.

Basta considerar o que aconteceu à nossa sociedade. Abandonamos a tirania de um Deus e tentamos tomar, nós mesmos, o centro do mundo. Arrogantes, produzimos COISAS e acreditamos cegamente que as produzíamos para nos servir. Mas está bem claro para qualquer um que – logo, logo – nós é servíamos às COISAS. Destronamos Deus e, enquanto esbravejávamos palavras de ordem, colocávamos – apressados – um novo Mestre em seu lugar.

Basta considerar o que aconteceu à nossa filosofia. Do Mito da Caverna de Platão, que apontava para a iluminação inefável e para o igualmente *incompreensível* impulso de retroceder e libertar, passamos a discutir minúcias das sombras na parede. Acorrentados obcecados com o número, peso e cumprimento EXATOS dos elos nas correntes. A inspiração petulante e admirável que buscava transcender o segundo círculo através das próprias palavras, forçando-as no vácuo de outras atmosferas, ainda mil anos antes da imprensa, acovardou-se com o passar do tempo e, acumulando facilidades, encontrou satisfação na produção de palavras sobre outras palavras.

Ao invés de explorar o infinito, preferimos voltar atrás e fazer um pacto para considerar válidos (ou científicos) apenas os conhecimentos e práticas que podem habitar o segundo círculo. Estabelecemos sistemas racionais para tudo. Ignoramos que o segundo círculo era uma estreita fatia do Todo e tentamos definir, apenas através de suas entidades limitadas, as regras universais de nossas atividades, experiências e possibilidades.

Mergulhamos num paradoxo tão evidente que até Marcusse – um *filósofo* – o descobriu e nomeou de "racionalidade instrumental". Uma série de decisões racionais individuais – que são a "melhor escolha" isoladamente – acumulam-se para criar um resultado irracional. É cada um tomando decisões racionais para tirar proveito e o resultado é desfavorável para todos. É o mercado de ações, no final do Século XX, substituindo seres humanos por computadores – porque estes tomam as decisões racionais mais rapidamente – para ver-se obrigado a desligar as máquinas, que trabalhando juntas haviam quebrado a Bolsa.

Racionalidade, quando o "racional" enxerga apenas dois círculos de oito, é como uma mão ignorante do resto do corpo, concluindo racionalmente: "Vou ficar com esse doce pra mim. Ele é meu! Por que deveria jogá-lo naquele buraco molhado?"

Assim, caso o conhecimento místico que você descortina receba ataques racionais de esnobes idiotas, é muito justo que você lhes diga: Pau no cu da sua racionalidade!

Os velhos índios de quem eu primeiro aprendi sobre os oito círculos não sentiam a menor necessidade de conversar sobre eles. Na verdade, eles apenas usavam a linguagem verbal como uma forma de loucura controlada para conversar com seus irmãos perdidos nas sombras. Quando eles queriam realmente *comunicar* coisas importantes, eles costumavam se juntar num círculo em volta do fogo e comer peiote em silêncio.

Quando conversamos com um bebê, precisamos de todos esses recursos não-verbais que podemos descartar mais tarde – depois que eles aprendem a falar. Pode-se continuar aprendendo, e as palavras também perdem importância.

Como eu disse, os sábios que descobriram e

exploraram os oito círculos não sentiam qualquer necessidade de nomeá-los, de forma que farei o mesmo de agora em diante. Eles existem para serem visitados e experimentados – não como inúteis objetos de discussão verbal.

Eu vivo agora nos círculos mais longínquos, e as coisas que estou prestes a revelar lidam com mais do que poderia ser adequadamente descrito por palavras. Vou repetir pela última vez: você não pode *compreender* as coisas que vou dizer, mas você PODE manejá-las. Confie em mim.

Se meu discurso soar ambíguo, ou contraditório, é apenas um efeito colateral de usar palavras para uma tarefa que está muito além delas.

Se você tentar ler minha voz fechado no segundo círculo, estará lendo o manuscrito de um idiota. Você precisa aceitar que existem coisas mais reais que a lógica. Falemos sobre tais coisas.

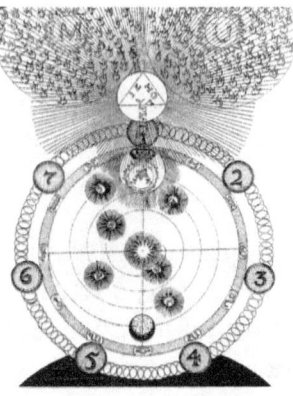

Vampiros foi ideia dos antigos. Apesar de tudo que eu disse e realmente penso sobre a falta de importância dos nomes, admito o incômodo que sinto ao escrever esse...

Vampiro.

Não se confunda com preconceitos lisonjeiros – entre homens de conhecimento, esse apelido é uma piada. Uma zombaria. Eles nos chamam de "vampiros" com o mesmo tom arrogante que um velho intolerante usaria para rotular um garoto de "emo", fazendo pouco dele.

Então *vampiro*, no meu contexto, representa o que em outros contextos já foi expresso por nomes diversos, como *noob*, *moleque*, *judeuzinho*, *negrinho*, *pobretão*, *gordo*, ou *bicha*. É um termo de exclusão – uma pedrada preconceituosa – e é desconfortável conviver com isso, mesmo que eu seja eu e que um nome seja apenas um nome.

Tendo dito isso, admito que os antigos são mais sábios do que eu, apesar de serem uns bostas, e mesmo sua zombaria não deve ser desprezada. De forma que adotarei seu epíteto e explicarei por que eu e meu melhor amigo – meu pior inimigo – somos chamados assim em alguns ambientes, onde merdinhas milenares que não assistem às nossas novelas nem leem aos nossos livros ocupam-se, como as velhas bisbilhoteiras que são, em fofocar sobre a nossa vida.

Para aqueles que não ultrapassaram os poucos anos de uma vida regular, o título de "vampiro" parece descrição apropriada para um ser experimentado em anos, mas, para os antigos, os vampiros são uma moda relativamente nova.

Há apenas trezentos anos, não existiam vampiros na literatura. Você poderia falar sobre *vrykolakas*, na Grécia, ou sobre *strigoi*, na Romênia – mas a imagem atual dos vampiros pálidos, elegantes e desolados não existia até o começo do Século XIX. Isso não é um espaço de tempo muito significativo para os antigos, e não posso imaginar como eles se importariam em fazer qualquer distinção entre a cultura dos vampiros e a moda emo.

É tudo coisa de criança...

Nós somos os incríveis garotos-prodígio que inexplicavelmente entraram de penetra, uma vez que nossa formação carece de consistência por todos os lados; nós nem sabemos muito bem como chegamos aqui. Pode-se dizer que nossa transformação aconteceu quase que por acidente.

Nós somos aqueles que aprenderam dentro de quartos confortáveis de classe média pós-moderna – perdidos entre as grandes cidades, imersos em livros, trancados em nossos condomínios de torres iluminadas, cercados por autoestradas, computadores e bandas de rock.

Se você quer que sua mente forme a imagem completa, um bom começo seria imaginar uma parede muito, muito, muito, muito alta.

Agora imagine toda a sujeira e degradação do mundo à sua volta, circuladas por essa imensa parede de ignorância. É algo bem fácil de imaginar, eu acredito. Basta olhar pros lados, porque não seria mais estranho que o próprio mundo onde você vive.

Pessoas trancadas por trás de uma imensa parede de ignorância.

Quando você observa seus irmãos, à sua volta, a maioria deles se regozija no meio da merda; eles dizem que é lama medicinal. Mas também existem aqueles ocupados em escalar a parede.

Essa parede enorme é perigosa e enganosa. Uma sucessão infinita de rotas 9c+ de escalada, e do chão parece impossível que um ser humano seja capaz de atravessar para o outro lado.

A maioria dos escaladores, de fato, não passa de putinhas vaidosas. Eles param de subir assim que erguem as próprias cabeças acima das cabeças de seus irmãos. Mas você tem o Youtube, por agora, e não há qualquer necessidade de persuadi-lo disso: existem pessoas incríveis pelo mundo afora. Gente cuja habilidade extraordinária transforma até as atividades mais mundanas – como dar cambalhotas, bater palmas, ou jogar bolinhas pra cima – numa prática que beira o sobrenatural.

Inclua aí a observação de que a escalada da parede não é uma tarefa mundana. E à medida que os mais sábios e perseverantes dos escaladores aprimoram suas habilidades para chegar mais alto – enquanto eles se afastam de toda a sujeira e degradação do mundo porco lá embaixo – eles se transformam...

Suas possibilidades vão muito além do que se pode desvendar jogando bolinhas para cima e, nessa transformação, eles abandonam grande parte do que poderia ser chamado rigorosamente de "humano". Eventualmente, assim metamorfoseados, eles conseguem atravessar para o outro lado.

Esses sábios (é compreensível) são muito orgulhosos de suas conquistas. Eles formam um grupo seletíssimo dos mais extraordinários escaladores. Sentem-se membros de um Rotary Clube altamente exclusivo, que os protege das vulgaridades e dos inconvenientes de toda a gentalha presa do outro lado do muro. À sua própria maneira, eles vivem num clima de ôba-ôba.

Do lado sujo da parede, no entanto, enquanto gerações e gerações de macacos de vida curta ocupam-se em nascer, rir, chorar e morrer, alguns deles conseguem deixar parafernálias valiosas para trás, atiradas sobre o solo onde serão enterrados.

Um certo Johannes Gensfleish zur Laden zum Gutenberg, por exemplo, introduziu a imprensa na Europa – um ponto chave. O resto veio relativamente rápido...

Não há necessidade de uma lista rigorosa de invenções. Nomes lógicos... O básico será suficiente. De uma hora pra outra – no curso da História – você tem cópias traduzidas de quase todos os livros importantes, impressos milhares e milhares de vezes... Qualquer um pode ler esses livros, deixar cozinhar e escrever novos livros que serão traduzidos e impressos de novo; a coisa evolui... Ideias sendo mantidas por longo tempo, difundidas e reformuladas... Conceitos avançados que talvez apenas uma entre um milhão de pessoas seria capaz de imaginar por conta própria – como o número zero, a gravitação dos planetas em torno do Sol, ou a Seleção Natural – foram se tornando tão corriqueiros e óbvios que a maioria de nossas crianças poderia explicá-los. Você tem o rádio, a televisão, a internet... Você tem transmissão tecnológica de pensamento – em tempo real, à longa distância – com seus telefones celulares e assim por diante...

Os porcos imundos agora nadam em uma vasta piscina de informação e – mesmo que a maioria deles desperdice esses recursos a boiar sem rumo e brincar de peidar na água – aqueles poucos que sentem a necessidade de escapar (se tiverem a sorte de se encontrarem aleatoriamente próximos da parede) podem atravessar para o outro lado sem necessidade de sabedoria e/ou perseverança sobre-humanas.

Meu inimigo e eu não atravessamos com nossos próprios recursos – nossos esforços foram quase insignificantes, se comparados com a tarefa que realizamos. Nós atravessamos o muro, mas os antigos não nos reconhecem como iguais, não nos aceitam em seu clubinho e gostam de repetir que nós atravessamos "sugando o sangue" de outros conquistadores – é por isso que eles nos chamam de alquimistas vampiros.

Você está segurando agora (eu acredito) a história do nosso fim, e ela conta sobre a vida; sobre ilusão; sobre bruxaria; sobre a realidade como ela realmente é (além da enganosa imagem da carne) e também conta sobre a sua própria morte – de forma que você deveria ouvir.

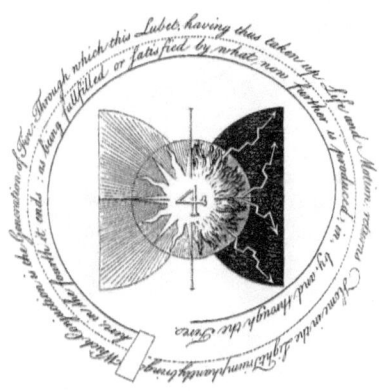

Esqueça todas as bobagens que você já ouviu sobre a vida, durante a sua, e apenas ouça o que eu digo. Eles nunca vão te contar nada disso, porque todos eles planejam ficar.

Apenas ouça.

Quando você realmente pode ver, uma pessoa se parece com um ovo de luz.

Todas as coisas que você vê são uma ilusão. Isso não é uma alegoria. Apenas continue comigo e tentarei te mostrar antes de partir.

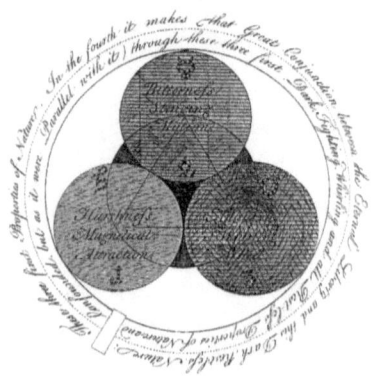

É difícil começar uma discussão sobre a realidade, posto que todos a tomam por óbvia e imediata. Todos imaginam compreender e experimentar a realidade – assim como todos imaginavam, até poucos anos atrás, que a Terra era plana; sem que houvesse qualquer razão óbvia e imediata para contestar essa crença.

Você já ficou muito bêbado, ou alterado por qualquer outro tipo de droga? É um bom começo. Um ótimo ponto inicial para experimentar a realidade além da compreensão.

Você não pode *compreender* o que acontece quando está drogado. Você até pode descrever partes do processo – como também pode dizer que um pato é "algo com penas e asas..." No entanto, isso que você está descrevendo não é um pato – mas apenas coisas relacionadas a ele. Cada pato é diferente (em oposição aos triângulos retângulos) e você não pode colocá-los, todos, sob o mesmo nome sem mentir.

Você apenas se habituou às sensações que recebe do mundo; acostumou-se a chamar isso de realidade. Quando você está drogado, é fácil ver as coisas de forma diferente.

Uma parte de você poderia dizer: "Não é assim que as coisas são. Estou drogado, e é só..."

E eu responderia: "As coisas não são como elas aparentam ser normalmente. Você estava sóbrio, e é só..."

Por todo o mundo, os místicos sempre souberam: Sabázios, Dionísio, Indra, Mescalito... As drogas são deuses, e drogar-se é ter relações com o divino. Drogar-se (um fato mais amplamente discutido) também é ter relações com a morte.

Para os escravos do segundo círculo – que leem minhas palavras com sarcasmo sorridente ou carrancudas acusações politicamente corretas – ofereço um exemplo de descoberta rigorosamente científica, recente e relevante: quando você toma cogumelos alucinógenos, seu corpo libera certos hormônios que naturalmente seriam liberados apenas no momento da morte.

Nunca houve um livro sério de bruxaria que discutisse hormônios – no entanto, os bruxos sempre tiveram essa certeza: drogar-se é ter relações com a morte.

Todos nós, homens de conhecimento (vampiros ou não) usamos algum tipo de droga. No começo, precisamos da droga para aprender a ver. Depois que já podemos ver, ainda nos drogamos para aumentar, de uma forma ou de outra, os nossos poderes.

Bruxos de verdade, como o meu inimigo vampiro, se drogam para aprender a desacelerar sua corrida em direção à morte. Vou tentar explicar melhor.

Um bruxo se aproxima da morte até que possa ver o seu rosto; assim, ele aprende a reconhecê-la. Esse bruxo é, então, capaz de isolar o processo da morte de todos os outros processos nos quais está envolvido. Quando ele é capaz de identificar a morte, ele a segura. Depois, ele aprende a lutar com ela.

Ainda que a bruxaria esteja ao meu alcance, não sou bruxo de fato. Eu não quero poder, ou longevidade. Eu uso drogas para abraçar a morte. Eu quero cavalgá-la. Eu a seguro para brincar com ela.

Meu amigo é um bruxo de verdade – eu nunca passei de um surfista.

Meu comportamento enfurece meu inimigo. Ele luta para diminuir seu ritmo, enquanto eu tento acelerar as coisas. Na verdade, meu comportamento é odioso para todos eles – uma cambada de filhos da puta gananciosos. Mas eles podem manter-se afastados da minha loucura e, apesar de sua zombaria sobre a anomalia da minha metamorfose, eles não estão realmente interessados em mim.

Meu inimigo não pode me ignorar, porque estamos ligados. Nós dependemos um do outro, enquanto discordamos. Ele tenta concentrar sua energia em imobilidade controlada, enquanto eu tento correr mais e mais rápido.

Meu amigo possui grandes poderes; eu não tenho nada a perder.

Eu nunca vi as montanhas como um mestre – tão velhas e imóveis... Admiráveis, sim. Mas um mestre, nunca. Meu mestre é a água – que, através de adaptações, nunca pode ser barrada.

Gosto do que um estudioso taoista do Século XI, citado por Blofeld em seu *The Wheel of Life*, diz sobre a água. Veja se concorda conosco: "A água é submissa, mas tudo conquista. A água extingue o fogo ou, diante de uma provável derrota, escapa como vapor e se refaz. A água carrega a terra macia, ou quando se defronta com rochedos, procura um caminho ao redor. A água corrói o ferro até que ele se desintegra em poeira; satura tanto a atmosfera que leva à morte o vento. A água dá lugar aos obstáculos com aparente humildade, pois nenhuma força pode impedi-la de seguir seu curso traçado para o mar. A água conquista pela submissão; jamais ataca, mas sempre ganha a última batalha."

Eis a descrição do meu mestre.

Minha vida é uma corrida e, de certa forma, não costumo fazer mais do que sorrir para os rostos que passam. Mas eu gostaria que você entendesse o que acontece, antes que eu desapareça. Eu quero colocar uma escadinha na beirada da piscina e inundar de penetras o clube daqueles almofadinhas, de forma que seguirei mais lento e direcionado, apenas por um momento.

Numa nova tentativa de imitar meu mestre, adaptarei meus pensamentos ao ritmo lento e linear das palavras – em oposição ao hipnótico vai-e-vem repetitivo e acelerado do pêndulo. Vou tentar explicar o básico a partir de algum tipo de princípio.

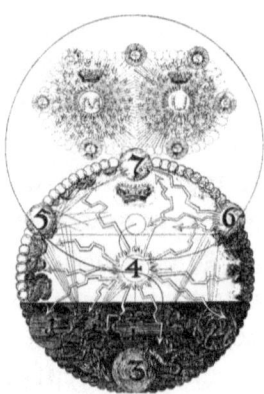

Os inteligentinhos de merda que todos conhecemos – e que querem se passar por sábios, apesar de serem frágeis, amargos e irritadiços – gostam de ridicularizar o que eles chamam de hippies, ou comunistas, sei lá, porque estes vivem (como aqueles gostam de dizer, com voz de retardado) no *mundo da imaginação*... Eles vão te apresentar dados e exigir que você viva num *mundo real*. Uns idiotas.

Em primeiro lugar, esse *mundo real* deles é uma fantasia ultrapassada: a crença inocente de que se pode conhecer o mundo real através de nossos sentidos. Como se o infinito externo, que recebemos através de ferramentas falhas, confusas e enganosas, fosse mais confiável e significativo do que o infinito interno que podemos experimentar diretamente. Essa *realidade* deles é uma piada.

Em segundo lugar, e principalmente, a imaginação não tem nada de vergonhoso – muito pelo contrário. É uma de nossas maiores vantagens. Condenar a imaginação de um ser humano da geração atual é uma idiotice do nível de proclamar que os antibióticos são pecado.

Vamos pegar uma unidade de medida para ilustrar o quanto nossa imaginação, no mundo pós-moderno, é avançada e cheia de upgrades impressionantes. Basta falar um pouco sobre koan.

Os koan são proposições inusitadas, enigmáticas e sugestivas usadas no treinamento zen budista. Algo que não poderia ser solucionado apenas pela lógica linguística. Um labirinto que leve o aluno a perder o caminho de casa, na sua forma usual de raciocinar, para descobrir inesperadas veredas entre os círculos inexplorados da experiência.

Aqui um exemplo:

"Qual é o som de uma única mão batendo palmas?"

Um koan não precisa, necessariamente, ser uma pergunta. Pode ser uma anedota, ou diálogo. O mestre expõe o koan e julga o nível de iluminação dos discípulos através de suas reações. E neste segundo exemplo, chegamos finalmente ao ponto:

Um famoso mestre encontrou seu discípulo fazendo as malas.

"Desistiu do treinamento?"

"Eu quero treinar, mas também tenho outras vontades. Preciso viajar."

"Se você quer viajar, vá sentar-se naquela pedra."

Este koan está ultrapassado e demonstra os incríveis avanços da nossa imaginação atual. Qualquer um é capaz de entender, no nosso mundo, o que o mestre queria dizer quando afirmou que era possível viajar sentado numa pedra. Já temos esse domínio prático do mundo da imaginação, sem que tenhamos precisado nos esforçar por ele. Nós entendemos o koan imediatamente – uma formulação que seria tão impenetrável quando o som de uma única mão batendo palmas para um monge do Século VI – e eu espero que qualquer leitor perceba como seria difícil criar um discurso lógico, detalhado e eficaz que explique só pelo *mundo real* dos idiotas como é possível viajar sem sair do lugar, sentado em uma pedra.

Nós estamos capacitados para resolver enigmas. Nós já temos (sem que tenhamos a menor ciência disso) um nível de iluminação que nossos irmãos do passado dedicavam a vida para alcançar.

E você não pode explorar os círculos, a partir do terceiro, com a lógica. Pra criar um discurso lógico que desse conta da realidade, você teria que pensar em física, filosofia e misticismo ao mesmo tempo. Você precisaria conciliar Einstein, Kant e Hermes Trismegisto.

Mas *você* não precisa disso tudo. Você não precisa de um discurso lógico para compreender e, só depois disso, manejar a realidade. Esse discurso lógico ainda nem seria possível. Você só precisa de uma imagem e da sua imaginação. Pense em raios de luz, para começar. Raios de energia, sei lá...

Alguns místicos sugerem que nós já fomos, de fato, raios de luz – e que, com o tempo, nos transformamos nesses corpos que vemos.

Isso é uma metáfora, na verdade, que gente estúpida toma por fato. O tempo não nos transformou em nada. Ainda somos os mesmos raios de luz – o que nos "transforma" em corpos é nossa percepção falha do mundo.

O corpo que você observa no espelho é apenas uma ilusão. Meramente um fenômeno da sua verdadeira identidade, que, no mundo real, se parece com um raio de luz, ou energia, percorrendo um campo energético repleto de outros raios.

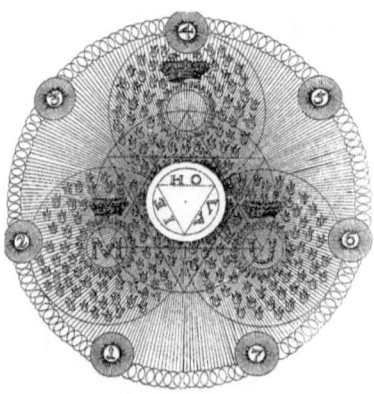

O mundo não é aquilo que parece ser. O mundo é mágico. Há inúmeros códigos através dos quais vários sábios, de diversas culturas, têm falado sobre isso.

Tantos nomes... Vou misturá-los, aqui e ali, por imaginar que a pretensão de rigor e coerência semântico-sintática não nos traria benefício.

Apesar da eficiência de usar discursos múltiplos para falar sobre a Realidade, podemos começar por descartar a linguagem científica, uma vez que ela é demasiadamente linear e lógica para o trabalho. A ciência toma tempo demais pra chegar ao ponto, e eles ainda nem chegaram realmente lá... Estão apenas flertando com o Fato.

Igualmente inútil seria recorrer à alquimia, ou ao zen – linguagens por demais codificadas e obscuras; fonte de proveito apenas para os extraordinariamente sábios e perseverantes.

Pense no quanto seria cobrado de um iniciante zen budista "clássico". E eu não estou falando desses CENTROS budistas das cidades grandes, onde um grupo de pessoas bem intencionadas se reúne como hobby. Estou falando dos primórdios; daqueles lugares anacrônicos que não vão te aceitar. Aqueles mosteiros no Japão que fecham as portas a todos gringos curiosos. Daqueles que, nos filmes, a gente vê o cara esperando três dias de pé, na chuva, sem comer ou dormir, pra poder ser aceito.

Você precisaria virar mendigo, para ser monge. Viver apenas do que os outros lhe dessem de esmola. E qual é a promessa do zen? Aquele Buda Sorridente – talvez a imagem mais internacional do budismo. Um mendigo gordo e eternamente sorridente. Pra acreditar naquilo, e para engajar-se naquilo, era necessária uma confiança e uma força tremendas. E aquilo é só pra começar!

Já para a alquimia, quem era atraído e o que era cobrado dele? Ganância, é claro. Algo que de fato atrai muito aos nossos intelectuais ocidentais, desde aquela época... Se o cara acreditava que poderia transformar chumbo em ouro com aquilo, ele se empenhava pra mais de milhão. Enfiava a cabeça naquilo e lia, experimentava, esperava e meditava e tentava de novo. E eventualmente ele poderia tornar-se um mestre – se fosse muito talentoso – e descobrir que o ouro era o mendigo do zen budismo. E longe de se decepcionar, ele vestiria a manta, diria que faz ouro e escreveria novos textos, convidando novos adeptos.

Porque abrir a porta é ouro, porra. É algo que todos deveriam ter o direito de experimentar. Então, apesar do sacrifício, eu me sinto bem porque estamos aqui e confiamos um no outro. Tudo vai se encaixar, como aquilo, aquilo, aquilo: tatatá...

Vamos pegar uma linguagem mais acessível – como a tradição Yaqui dos índios mexicanos – ao menos para explicar o que é bruxaria.

Don Juan – um mestre Yaqui com grande destaque na literatura – aborda o tema indicando que bruxaria tem grande relação com o ato de *ver*. Não observar, mas *ver*.

Na célebre descrição desse mestre, para um homem de conhecimento que aprende a *ver*, uma pessoa se parece com um ovo de luz.

Mais tarde, Don Juan fará uma distinção entre *ver* e ser bruxo. *Ver* é ter contato direto com a realidade como ela é – e não como a percebemos através dos sentidos e codificamos com nossa linguagem. Um homem que *vê* não consegue mais dar importância para as coisas comuns com as quais se ocupam a maior parte dos seres humanos. *Ver* é raspar a tinta com a qual nos pintaram os sentidos e encostar diretamente no mundo com antenas investigando os outros níveis. Já a bruxaria, o índio isola finalmente, é a arte de aplicar sua vontade em pontos-chave. Bruxaria é interferência.

Morrer é ser partido em pequenos pedaços. A morte entra pela sua barriga e te dissolve. Você verá a morte, depois do primeiro estágio de inconsciência, e ela será um rosto que você sempre acreditou conhecer de algum lugar, sem nunca tê-lo visto; será uma lata de cerveja; será o Sol; será uma letra de um texto que você leu – ela pode ser qualquer coisa e, ainda assim, não é absolutamente nada.

Você poderá ver a morte, quando a hora chegar, e então você saberá.

Nós não somos estes corpos que observamos.

Tudo isso é apenas uma ilusão criada por nossas mentes – como para alguns animais o mundo parece mais lento, ou preto-e-branco. Nós somos, na realidade, raios de energia, correndo em direção à dissolução, ou morte (é a mesma coisa).

A realidade dos raios de luz é onde as coisas realmente acontecem. O que observamos aqui é apenas uma recriação pictográfica do que acontece por lá.

Um bruxo permite que a morte se aproxime dele. Ele recebe a morte em sua barriga e permite que seus cristais comecem a se expandir.

Então, através do poder de sua vontade, ele força seus cristais a se juntarem outra vez. Ele luta contra a dissolução, para obter poder.

Se um bruxo abaixa sua guarda, seus cristais podem se expandir além do ponto de retorno e, então, ele morre.

Bruxaria é uma forma de arte que exige vontade extraordinária e é destinada apenas aos muito obstinados, ou gananciosos.

Um bruxo aprende a desacelerar sua corrida em direção à morte através do processo de reconhecimento da morte, e da luta que ele trava (com sua vontade) contra esse processo.

Depois que você aprende a controlar sua própria morte, você pode decidir quando partir. Mas controlar a morte é um aprendizado difícil e, geralmente, as pessoas que o dominam querem tirar algum proveito da coisa – eles não querem simplesmente entregar-se...

Pouquíssimos conseguem retardar a morte indefinidamente, no entanto. Para a maioria dos bruxos, é muito difícil manter essa luta por um tempo indeterminado – e depois que eles estão muito velhos, num momento de distração, eles morrem. Talvez – no mundo ilusório – um caminhão atropele um homem. Também é possível que ele seja encontrado morto – apenas morto, e nada mais. Não importa como a realidade é refletida em nosso mundo falso de figurinhas... Sua energia perde concentração, se expande, e *puff*...

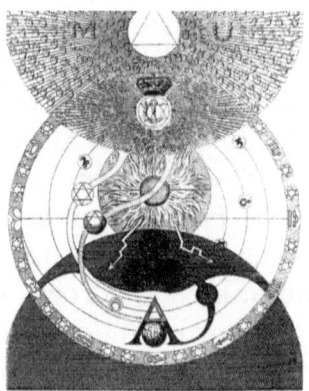

É muito difícil, para mim, adaptar meu conhecimento ao ritmo das palavras. Percebi agora que estou falando sobre realidades paralelas e ovos de luz, sem maiores explicações, num risco eminente de perder aquela nossa confiança, tão frágil.

Eu estava de fato numa nuvem. Vou tentar chover.

O mundo que você observa tem uma relação muito próxima com a Realidade – mas não é a realidade em si.

A relação entre o mundo real e o mundo que observamos não pode ser diretamente descrita, mas pode-se dar exemplos de outras relações semelhantes – que parecem óbvias e imediatas, quando na verdade são enganosas. Um bom exemplo disso é a relação entre as cores que observamos e os objetos coloridos.

Ao contrário do que sugere a experiência imediata, as cores não são uma propriedade intrínseca e necessária dos objetos. Cor é apenas um fenômeno que ocorre quando esses objetos são atingidos por certas ondas eletromagnéticas, com comprimentos de onda entre 4.000 e 7.800 Ångströns – o que nós chamamos de luz – na presença de olhos humanos.

Cores são como nomes.

Se você muda o comprimento de onda da luz sobre o objeto (desde que você mantenha esse comprimento de onda dentro do espectro visível para o olho humano) você notará que os objetos adotam cores diferentes. Ou seja – sob uma luz vermelha, ou azul, todo seu quarto terá cores diferentes.

Cor não é algo próprio dos objetos – mas apenas algo que seus olhos enxergam neles em determinadas circunstâncias. Se você desligar a luz, os objetos ainda estarão lá – inalterados. Eles apenas deixarão de brilhar, coloridos, para os seus olhos e cérebro.

Quando você aprende a *ver*, as coisas estão sempre lá, independentes da luz. Além das cores.

Vou repetir: as cores que você observa são apenas um fenômeno que acontece quando os seus sentidos observam objetos irradiados por certas ondas eletromagnéticas.

Essa ilusão de tempo e espaço e sua percepção natural dos objetos à sua volta são apenas o fenômeno criado quando um organismo humano encontra a Realidade. Repito: isso não é a realidade em si.

O que nós percebemos não é a realidade, mas nós existimos dentro da realidade e *podemos* manejá-la.

Não existem palavras adequadas para descrever a realidade em si. Alguns mestres zen tentaram discuti-la com perguntas tão capciosas quanto:

"Como era seu rosto antes que seus pais tivessem nascido?" Também é muito famosa a comparação entre o mundo que percebemos e os reflexos num espelho, aliada à afirmação de que a verdade se encontra no próprio estanho do espelho onde essas imagens são refletidas. Um iniciante é aconselhado a procurar pelo próprio estanho, além das imagens.

Como eu disse, o significado real da literatura zen é destinado apenas para os muito sábios, ou iluminados.

Você não precisa compreender tudo isso. Confie em mim.

Apenas tente entender que nós não somos raios de luz – como escolhi colocar aqui. Isso é apenas um nome (certamente mais adequado que carne, para imaginar o contexto da Realidade, mas ainda é apenas um nome).

Nós não somos raios de luz. Eu não posso encontrar uma maneira de descrever satisfatoriamente o que somos, mas nós SOMOS energia – e o mundo real não se parece em nada com essa fantasia colorida criada por nossos órgãos sensitivos.

Apenas confie em mim. Estou apontando para a rachadura na parede. Não se preocupe em entender tudo, apenas mova seus braços naquela direção. A coisa se mostrará para você.

Se você efetivamente chegar a sentir isso no mundo – não como um texto a se repetir, mas como quem sente o calor no fogo – e se você acabar se transformando em mais um dos vampiros, eu espero (para o seu próprio bem) que você venha sozinho.

É melhor perder todos seus amigos do outro lado do muro do que atravessar com um inimigo.

Como é estranho chamar de inimigo quem foi meu amigo... Mas como eu ainda poderia considerá-lo um amigo?

Nós fomos melhores amigos, durante muito tempo. Como eu disse, estamos conectados. É algo bem simples. Não existe necessidade (ou possibilidade) de uma explicação lógica. Nós nascemos dessa forma. Existimos assim. É por isso que nos tornamos amigos, em primeiro lugar.

Estamos conectados, e lutamos.

É tão simples... O horóscopo chinês traz ilustrações muito úteis para o caso – desde que você entenda que as datas não fazem muita diferença, ainda que neste caso elas coincidam. O que importa são os perfis psicológicos. As naturezas que podem existir dentro de uma pessoa.

Eu sou um macaco, e meu inimigo é um bode.

Os bodes são os animais mais atormentados da astrologia chinesa. Bodes percebem as coisas num sistema de dualismos. Decisões surgem em duplas, de forma que ele está sempre atormentado entre duas possibilidades opostas em tudo que o mundo apresenta para ele.

No plano moral, essas dúvidas tornam-se mais dramáticas. O bode tem certa vocação para santo – enquanto, ao mesmo tempo, é exposto a grande tentação.

Um bode, finalmente, não suporta meios-termos. Ele eventualmente escolhe um caminho e desaparece naquela direção.

Meu amigo é um George Bush. Eu sou um homem-bomba.

Quando começamos a estudar astrologia, lembro bem, eu admirava meu amigo como alguém mais forte do que eu. Um mestre. Ele já se tornava um homem de conhecimento, enquanto eu apenas engatinhava.

Eu disse: "Eu não me importo em como as estrelas podem me mover. Eu quero encontrar meu próprio caminho. Quero quebrar o controle delas sobre mim, se esse controle existe. Eu quero me desprender das estrelas, de tudo, e é só..."

Meu amigo respondeu: "Eu também não estou interessado em como as estrelas podem me influenciar, mas apenas em como EU posso influenciar as estrelas..."

Eu não podia perceber, naquele tempo, quanta ganância e fome de poder já estavam aninhadas em seu coração.

Eu repito: o mundo que você percebe não passa de um sonho. Sombras numa parede, representando os objetos e acontecimentos do mundo real, da mesma forma que uma sombra se relaciona com os objetos que você acredita reais.

Nós somos como raios de luz, correndo. Nós somos raios concentrados de luz, e quando esse raio se expande nós morremos.

Um homem de conhecimento que pode *ver* perceberá isso. Um bruxo tenta usar sua vontade para interferir.

Meu amigo concentra sua energia enquanto junta poder para aplicar sua vontade em pontos-chave, alterando a energia à sua volta.

Ele pode movê-lo pra fora de sua rota energética natural e levá-lo a fazer coisas que você nunca se imaginou fazendo. Ele pode te fazer sofrer. Ele pode, facilmente, fazer com que você expanda e morra.

Eu sou um homem de conhecimento, mas eu nem mesmo sou um bruxo. Não pratico bruxaria. Eu sou uma aberração. Não quero mudar nada. Não desejo controle sobre nada. É cansativo escolher o que eu quero viver. Isso me chateia. Eu quero que o mundo me atire aleatoriamente – quero que as pessoas à minha volta se comportem como lhes parecer melhor, imunes à minha presença e inalteradas por minha vontade. Quero surfar em cima do mundo, enquanto ele me atira pros lados. Eu quero correr as pistas mais belas e sentir a velocidade mais intensa.

Mas estamos conectados e, enquanto eu corro, eu arrasto meu inimigo comigo.

Enquanto ele força a própria imobilidade, ele me bloqueia.

Lutamos.

Na zombaria dos antigos, meu inimigo é Conde Drácula. Eu sou Alucard – aquele que é mantido preso e trancafiado numa jaula.

A ironia dessa figura é que – na análise final de sua zombaria – nós somos o mesmo personagem sob diferentes pontos de vista.

Eles nos deixam em paz, uma vez que não estão

realmente interessados em nossa luta até que ela chegue ao fim. Apesar das pretensões do meu amigo, nós não podemos compartilhar plenamente o mundo dos antigos enquanto nossa batalha continua.

A maioria dos homens de conhecimento quer poder. Eu sou uma aberração.

Eles querem se congelar em poder e força. Eu apenas quero brilhar e queimar o mais intensamente possível.

É natural que a maioria das pessoas deseje controle e longevidade. Eu gostaria de me explicar, mas não posso.

Todos vocês – vocês que percebem apenas carne e sombras; quando vocês escolhem ficar, vocês nem sabem que merda é essa à qual vocês estão apegados. Sequer poderiam notar a diferença entre a minha vida e a sua. Não passa na televisão. Vocês confiam em triângulos retângulos e acreditam em qualquer explicação envolvendo nomes científicos, mesmo que a explicação seja contrária a tudo que vocês mesmos experimentam na realidade. Vocês desconfiam de tudo que não possam compreender. Por que eu deveria explicar meu caminho?

A chama que arde mais forte queima antes das outras. Eu me sinto iluminado.

Eu sinto vontade de receber a morte na minha barriga e cavalgá-la – correr com ela e deixar meus cristais se expandirem no último instante, na hora exata dos maiores fogos de artifício. Viver no limite – mas não no limite da Montanha de Carne, praticando experiências irresponsáveis de adolescentes...

Apenas atirar-se no mundo não é liberdade, se você ainda está acorrentado às mesmas paredes que ataca. Minha liberdade não é uma liberdade das regras da sociedade, ou dos comandos das outras pessoas. Isso é apenas um efeito colateral. Eu não tenho palavras para descrever minha liberdade – que já foi descrita como algo que ninguém poderia explicar, e ainda algo que ninguém deixaria de compreender.

Do ponto de vista das estrelas, nossas vidas não passam de pequenos sinais de lanterna. Faíscas minúsculas e breves na escuridão do infinito e da eternidade. Eu não me importo se minha faísca irá perdurar por mais tempo que as outras, ou se ela acenderá qualquer tipo de explosão pra transformar pessoas e eventos. Sequer me importa que ela seja bela para um observador externo. Eu busco um significado interno e pessoal para minha vida – apenas desejo que vivê-la seja intenso e significativo.

Eu quero felicidade. Mas felicidade pura e concentrada – não apenas alegria fácil da Montanha de Carne. As pessoas acreditam que estão aproveitando a vida quando fazem sexo, por exemplo – e que fazer muito sexo significa viver a vida intensamente – mas é tão fácil apontar contradições em todas as partes...

Por que gente rica, bonita e famosa se deprime, ou comete suicídio? Eles estão confiando nas sombras, e agindo como se a realidade comportasse sombras e nada mais. Um mundo fantasioso e racional, onde não existem mendigos gordos e sorridentes.

Sexo carnal não é realmente tão bom em si mesmo. Você pode usar sexo para correr uma bela pista, no entanto. Você pode ser santo e safado ao mesmo tempo. Isso funciona para todo o resto.

Há prazeres mais altos por toda parte, depois que você para de desperdiçar sua consciência com idiotices *racionais* e com as complicações morais inúteis que surgem dessa vida desperdiçada. Eu provavelmente sinto mais prazer observando as cores de um edifício do que a maioria das pessoas teve em toda sua história sexual.

Se você acredita que está tirando o melhor da vida, preste atenção:

Certo imperador romano e pagão ameaçou matar o Papa, além de exigir que a Igreja lhe entregasse suas riquezas em três dias. Essa é uma história real. Passados três dias, Lourenço de Huesca (ou São Lourenço, como ficou conhecido depois disso) foi até o imperador levando fiéis cristãos e pessoas que a Igreja havia ajudado. "Estas são as riquezas da Igreja," ele disse.

O imperador mandou prendê-lo e queimá-lo vivo sobre uma grelha – onde São Lourenço, já meio-morto e ainda sorrindo, proferiu a frase que seria uma das melhores piadas de toda a História: "*Manduca, iam coctum est!*" (Comam, porque já está assado!)

Você realmente acredita que qualquer diversão que você já teve pode se comparar com o que esse santo sentia em relação à vida, ou a sua alegria se equilibra numa frágil corda bamba se balançando sobre um abismo de tragédia?

É assim que eu julgo meu sucesso; eu me faço a seguinte pergunta:

A sua alegria permanece para fazer piadas enquanto homens inferiores te queimam vivo sobre uma grelha?

Você não pode sentir essa felicidade sagrada e pacífica mergulhado na merda – todo esse medo e ignorância e loucura e maldade que as pessoas decidiram carregar... Isso me deixa enojado... E eles nunca irão mudar, porque eles acreditam que essa merda é tão preciosa... E...

Tive que parar de escrever, para rir. Eu sinto meu inimigo, agora. Ele não pode me matar – pois minha expansão seria sua própria ruína. Ele me alcança através de pontos-chave e tenta criar em mim o desejo de frear com ele. Essa vontade que me bate às vezes de parar e odiar o próximo – dar meia-volta e encarar as coisas que odeio; pra revidar, ou controlar... Peço desculpas por essa intromissão inevitável de amargura, que certamente não lhe diz respeito. Eu já deveria ser capaz de escapar facilmente desses ataques, mas eu não sou congelado como meu atacante; estou correndo, e isso me deixa descuidado.

Paciência... Ainda que meu inimigo possua tantas escopetas, ele é forçado a uma luta passiva. Ele não pode me atacar – apenas tenta me frear. Eu sou forçado a lutar sem vontade de guerra, apenas tentando me libertar.

Mantivemos ferrenha batalha por longo tempo. Eu sou um alvo difícil, e ele é um guerreiro notável.

Infelizmente, para meu amigo, eu sinto que nossa luta está chegando ao fim.

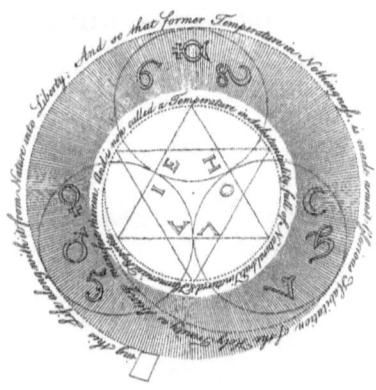

Esse mundo que você acredita real é um monte de sombras para mim. Não obstante, um homem de conhecimento ainda pode aprender com as sombras.

Há relações nos outros círculos que nós podemos *ver* e que revelam o que há de espantoso naquelas coincidências que, todos sabemos, não foram *meras coincidências*.

Conheci essa garota e ela é linda. Seu raio de luz parece a aurora boreal. A presença dela me leva a um estado de consciência que exigiria horas de meditação para alcançar sozinho. Eu já sabia que ela seria significativa; apenas demorei um pouco para compreender como.

Em um dos oito níveis de realidade que podemos manejar, ficam claros os fluxos do corpo. Entre aqueles que podiam sentir as transformações (químicas, diria uma criancinha) constantes do próprio corpo e os efeitos que estímulos externos causavam nesses processos, tivemos grandes curandeiros e médicos. Um excelente curandeiro, ou médico, no entanto, precisa conhecer um nível ainda mais distante: a percepção do fluxo nos corpos alheios.

Num outro círculo de realidade, percebem-se claramente os fluxos e alterações de "corpos" emocionais e intelectuais. Nossas transformações simbólicas e afetivas. Percebemos a influência que estímulos externos derramam sobre nossa sensibilidade como o Sol derrama luz. Conforme o que já foi dito, a lógica verbal não tem utilidade para além do segundo círculo. Nós não *concluímos* a influência das coisas e do mundo; nós a percebemos, como se pode perceber (sem o intermédio de discursos) as mudanças que ocorrem quando derramamos vinho quente na água fria.

Nós enxergamos; nós provamos, nós tocamos – tudo sem o auxílio dos olhos, da língua, ou das mãos.

Seria esse o terceiro círculo? Ou o quarto? O sétimo? Eu não sei; não me importa. Voltemos à garota sueca.

Eu esperava em observação, ciente de que algo importante seria revelado através dela. Esperei paciente e deleitosamente, até que um dia – sem qualquer motivo aparente, enquanto ouvíamos música distraidamente no meu quarto – ela me contou essa história:

Em qualquer dia do mês passado, ela encontrara, por acaso, alguns amigos de sua cidade natal. Entre uma conversa e outra sobre os acontecimentos recentes na cidade que minha amiga não visitava há mais de um ano, eles falaram sobre um relâmpago misterioso que atravessara uma noite sem nuvens.

Segundo esses garotos, toda a cidade (um pequeno vilarejo) ficou intrigada com aquele clarão de luz que, aparentemente, havia surgido do nada. Mais tarde, eles descobriram que aquele raio fora causado por um suicida. Supostamente desesperado, o homem havia se pendurado nas linhas de energia que atravessam as montanhas próximas à cidade, causando um enorme curto-circuito.

Acabei de perceber a ironia das palavras "um **enorme curto**-circuito" e me diverti. Suicida-curto-circuito. Aliterações aleatórias me divertem e não me parecem inferiores a quaisquer outros usos da palavra. Não são, afinal de contas, como tambores batendo?

De qualquer forma, a luz atravessou o vale inteiro e os moradores só descobriram o que havia acontecido no dia seguinte, lendo a versão dos jornais.

Eu sei que, para você, isso pode parecer apenas uma história curiosa – até mesmo uma história sem propósito.

Você provavelmente não tem o hábito de conversar sobre profecias.

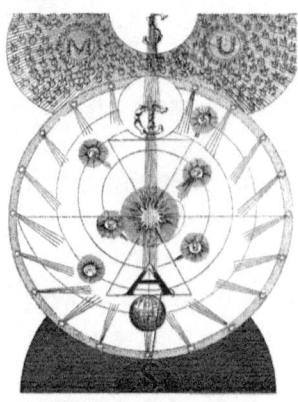

Conheci Nostradamus dois anos atrás – num quarto barato, entre os becos mais sujos de Amsterdam.

Ele me convidou.

Nostradamus, naturalmente, também não passa de um nome. Logo antes disso, ele era conhecido como Jean de St. Rémy – o bisavô do Nostradamus "de verdade".

Jean de St. Rémy, informam-nos as enciclopédias, teria educado o garoto – no entanto, esse senhor desapareceu dos registros históricos quando Nostradamus tinha apenas um ano de idade. *Voilá!* Uma história muito complicada, que realmente não te diz respeito. Mudam os corpos, algo permanece.

Se você acha isso estranho, você tem razão. Esse povo é estranho. Não é raro ouvir histórias sobre adeptos de alquimia que passaram décadas sem ver seus mestres, sempre centenários, apenas para reencontrá-los mais jovens que da primeira vez. A Pedra Filosofal (você descobre quando se afunda um pouco nos textos) era destinada para a transformação da carne; não dos metais. O adepto perderia as unhas, os dentes e os cabelos, que eventualmente renasceriam mais fortes e saudáveis. Até alguns ramos do taoismo já se mostraram obcecados com elixires da vida eterna. Isso é tudo besteira. Você não quer viver para sempre. Confie em mim: esse povo é estranho, sombrio e nem um pouco invejável.

Nostradamus continua completamente obcecado por visões do futuro, e a maioria dos antigos sugere que ele ficou louco. Hoje, ele vive num quarto barato em Amsterdam, entediado, esperando que a areia traga algo capaz de surpreendê-lo.

Ele me convidou.

Mesmo que seja difícil demais para que a maioria das pessoas compreenda, Nostradamus foi o primeiro a falar de nós – os alquimistas vampiros – com estas linhas de suas famosas profecias:

> Par terre Attique chef de la sapience,
> Qui de present est la rose du monde:
> Pour ruiné, & sa grande preeminence
> Sera subdite & naufrage des ondes.

Ele queria encontrar-se com o naufrágio entre as ondas, e me convidou.

Porra, eu não sou milenar. Eu nasci em 1980 e não vou durar muito. Não vou perder tempo aqui tentando te explicar o quão improvável é que eu ainda esteja por aqui – eu vou contar do meu fim, e basta. Eu acho essa galera dos antigos um saco. Eles *são* um saco.

Tem um episódio do Monty Python em que um

contador quer mudar de profissão e então procura um consultor vocacional. Depois de analisar os testes, o consultor anuncia que vocação do cara é para contador e o solicitante protesta:

"Mas eu já tenho sido contador por 20 anos! Eu quero algo novo, algo excitante que me faça viver!"

"Ora, mas contabilidade é bastante excitante, não é?"

"Excitante? Não, não é! É chato, chato, chato... Meu Deus, como é chato!"

É uma cena muito engraçada, o jeito que ele fala "chato", e é exatamente dessa cena que eu lembro quando penso em descrever os antigos.

A experiência de vida deles, pra eles mesmos, deve ser infinitamente mais interessante do que a minha, mas basta você observar as celebridades. Essa gente cujas ações e vidas encantam a todos; a vida desse povo é uma merda. Eles são deprimidos e drogados no mau sentido, e suicidas e carentes e patéticos. Os antigos são o contrário. Por dentro eles vivem no paraíso particular deles e, do lado de fora, eles são chatos, chatos, chatos, tão completa e inelutavelmente chatos e aborrecidos.

Minha companhia favorita, depois do amor e de cachorros, são crianças. E sei que seria injusto dizer que velhos são o oposto de crianças, mas no caso dos antigos é verdade. Eles não são aquele tipo de gente que envelhece pra ser brincalhão e divertido. O convite me causou alguma hesitação, mas eu nasci nos anos 80 e não sou estranho àquela expectativa infantil de ir a um show de rock. Um show que é muito pior do que os discos e onde você só vai pra ver a celebridade ali na sua frente... Nostradamus, além de mito da minha infância, é um antigo esquisito – ele é tipo um professor maluco no meio daquela velharada – e eu me rendi à expectativa de vê-lo ali na minha frente.

Fui todo empolgado e, é claro, fiquei aborrecido. Ele é do tipo professor maluco, misterioso mito da minha infância e (como eu pude considerar o contrário, sequer por um segundo?) chato pra caralho.

Mesmo que meus interesses não tenham qualquer relação com a busca de revelações que transcendam o tempo, fui suficientemente educado e respeitoso para ouvir longos discursos sobre elas. Ele continua obcecado por profecias, mesmo depois de esgotados os assuntos que teria interesse de prever.

A garota que me contou a história do relâmpago não podia *ver*. Infelizmente, ela conversava comigo através da parede – assim, ela não podia compreender o que aquela história realmente significava, ou mesmo os motivos que a levaram a contá-la para mim.

Ela não pode *ver*, mas eu *sei* que a história é um sinal.

Eu os vejo no céu, no oceano, nas estrelas, sobre a areia e assim por diante... Eu vejo sinais por toda parte, mesmo em conversas casuais.

Aquela história, eu sei, também era uma profecia. Aquele suicídio e aquele relâmpago sem nuvens ainda não aconteceram.

Não é possível que aquele suicida esteja morto, porque aquele suicida era (ou, na sua ilusão de tempo, ele *será*) eu – que não estou preso à enganosa linearidade através da qual vocês percebem e manejam o tempo.

Expandir-se de forma que as sombras enxerguem relâmpagos é um jeito romântico de partir – praticamente irresistível à minha natureza. Posso ver tão claro quanto aquela cidade me verá queimar.

Eu não tenho qualquer objetivo ou meta de chegada, apenas surfo rapidamente através das melhores pistas.

Mas eu não sou idiota – eu sei o que acontece quando você corre rápido demais em direção à morte. A história que aquela garota contou foi apenas um alerta. Estou correndo de encontro a um precipício – mesmo que eu ainda não possa ver o abismo, no mundo real, o abismo já pode me ver.

Um sinal de "curva fechada à frente". Algo acontecerá em breve.

Estou pouco me fodendo.

No mundo de carne e sonhos, a cidade fica na Suécia.

Eu já deixei o Brasil, há algum tempo. Hoje escrevo na Espanha.

Estamos nos rodeando...

Eu alcancei poder e usei tudo que consegui para correr. Eu amei sem medo e senti intensamente e me atirei em tudo com toda a força que pude conjurar; ainda assim – contrariando todas as leis do universo – nada pôde me destruir, porque meu inimigo estava contendo meu raio.

Mas você não pode segurar um relâmpago, seu filho da puta.

Estou prestes a partir e não me preocupa nem um pouco a consciência de que você vai comigo.

Este, imagino, será o fim.

Depois que eu me expandir, meu amigo será forçado a uma corrida curta e descontrolada, até que seu raio se expanda com o meu.

Imagine uma carruagem correndo numa velocidade incrível – os cavalos querem ir mais rápido, e o cocheiro tenta frear.

Se os cavalos conseguem correr tão rápido, mas tão rápido que chegam a ponto de desaparecer, o cocheiro não pode evitar seu trágico destino.

Eu me pergunto, por sádica e ociosa curiosidade, se na realidade das sombras você terá câncer, ou um acidente de carro.

Eu me pergunto quão horrível será o brilho de desespero no seu olhar quando você perceber que eu finalmente parti.

Eu me pergunto por quanto tempo você poderá manter sua energia controlada e estável, depois que nos desconectarmos – e se nessa sua última corrida, breve e inexorável, você finalmente será capaz de abandonar sua obsessão de controle e simplesmente aproveitar a viagem.

Quer dizer, por que você desejaria controle sobre esses raios estúpidos e sonâmbulos de energia desperdiçada? Eles nem mesmo querem abandonar suas jaulas. Eles só querem falar sobre isso. Se você tenta se aproximar e ajudar de verdade, eles atiram pedras em você. Eles te colocam numa cruz, te forçam a tomar cicuta, ou te queimam numa grelha; de uma forma ou de outra, eles tentam te matar.

Ficar aqui é loucura. Eu acelero pra fugir deles.

O que um cidadão médio pensaria sobre mim – se soubesse, pelo meu boneco de carne, o que tenho vivido – é exatamente o que eu penso de todo mundo.

Vocês são todos loucos.

Quantos santos e gênios precisam queimar para que vocês entendam que sua alegria é uma puta assassina, e sua felicidade uma farsa?

Vocês são todos loucos.

Mas eu sinto apenas por você, meu amigo/inimigo vampiro.

Vou continuar me atirando em tudo que eu possa amar – esse amor que eu sinto e que é mais que qualquer nome poderia ser.

E meu fim, se chega cedo, será belo.

Seu caminho é triste para mim.

Você nunca amou nada.

E na cegueira e solidão que você construiu pra si com avareza, você perdeu a grande oportunidade que tivemos.

Você sabe, poderíamos correr juntos...

Nós poderíamos ter brilhado com tanta força

e tanta intensidade que ante o escândalo de nossa chama magnífica o próprio Deus seria obrigado a voltar os olhos para essa máquina estúpida, caótica e esquecida, se perguntando que PORRA É ESSA que estão fazendo por aqui.

O velho

Um CLARÃO NO MEIO DO DIA, no meio da praça, e ele apareceu. Ninguém se assustou, ou sequer percebeu que o velho se materializara instantaneamente do nada.

Vestia trapos sujos e maltratados pelos últimos dias no cárcere. O tornozelo ainda machucado pela corrente que o prendia antes do flash. Calmo, ainda que admirado, por longo tempo o velho observou o que agora existia à sua volta.

Terminado o reconhecimento passivo e insuficiente, tentou conversar com as pessoas que passavam, mas ninguém entendia o que ele dizia. Alguns o evitavam com uma insolência tão expressiva que o velho, ao invés de indignar-se, maravilhou-se; surpreso com a possibilidade, até então desconhecida, de irradiar tamanha manifestação de desaforo sem recorrer aos gestos ou à fala.

Eventualmente, sua insistência e seus bons modos conquistaram um grupo de jovens solícitos que o guiou, entre incompreensíveis palavras amigáveis, até um dos edifícios na vizinhança. Lá dentro, percebeu que estava numa espécie de centro de assistência para os doentes e famintos. Riu-se daquilo.

De volta à rua, isolou-se de pé num canto para meditar um pouco. Ninguém o incomodou. Decidido, retornou à praça – onde lembrava ter visto um tanque de areia. Embora fosse pouco afeito à escrita, depois de algumas tentativas conseguiu rabiscar um

Λύκειον bem legível com os dedos. Agora, quando entrevistava os transeuntes, apontava para a palavra na areia, enquanto falava e gesticulava, numa tentativa de demonstrar com aquilo que não estava mendigando; buscava apenas por alguém que o compreendesse.

A artimanha do velho rendeu frutos. Encaminharam-no, finalmente, para uma escola de línguas. Ali, depois de atrair um grupo ruidoso de curiosos, encontrou alguém com quem podia se comunicar. Os dialetos eram um pouco diferentes, mas nada que tornasse a conversa impraticável. Algumas palavras e descobriu o que queria. Sim. Havia um lugar dedicado ao arquivo e desenvolvimento do conhecimento. Rabiscaram um mapa num pequeno pedaço de papel; indicações de como chegar à universidade. Repetiram-lhe, ainda, o nome de alguém por lá que poderia compreendê-lo.

Não teve grandes dificuldades para encontrar o prédio, ou o intérprete que procurava. Depois de uma educada saudação, foi direto ao assunto: "Eu sou Sócrates, de Atenas. Sou filósofo e me encontro perdido nesta cidade estranha. Não sei como voltar, nem sei se quero voltar, agora que já estou aqui... Eu percebo que minha aparência é incomum para você. Acredite, a sua também o é para mim. Espero que possamos passar por cima dessas pequenas diferenças acidentais... Como você pode me compreender, talvez possa me ensinar a sua língua. Enquanto isso, é possível que eu seja de alguma utilidade para a sua academia."

O homem pediu que ele esperasse um pouco. Pegou o telefone. "Alô? Sim... É... Sou eu... Escute: Sócrates está aqui na universidade, pedindo asilo..."

Em pouco tempo, tudo foi arranjado. Ficou muito surpreso quando descobriu que não tinha se deslocado simples e misteriosamente para uma cidade estrangeira, mas também para o futuro! Seria difícil acreditar em tudo que lhe era narrado, não fosse a evidência constante da experiência imediata. Na primeira noite, quando finalmente lhe permitiram um pouco de privacidade para dormir, confortavelmente solitário no quarto ele riu alto concluindo que o mesmo grupo que lhe condenara à morte, quando seu vizinho, o enaltecia como herói universal quando estrangeiro do tempo e do espaço.

O mundo inteiro se mobilizou para oferecer facilidades à sua adaptação – milhares de especialistas e criativos em brainstorms ao redor das pizzas – mas ficou claro logo nos primeiros meses que Sócrates não precisava de muito. Por outro lado, ele próprio se desdobrava para ajudar no que podia; inclusive na manutenção do jardim e na arrumação de seu próprio quarto, mas principalmente nas pesquisas. Tantas perguntas... "Também não sei o que aconteceu. Um ser misterioso apareceu na minha cela e disse que iria me tirar dali. Eu repeti que não queria fugir, mas a entidade avisou que aquilo não era uma oferta sujeita à minha aprovação. Pelo que vocês me disseram, eu realmente bebi aquela cicuta. Talvez não tenha sido eu. Ou talvez outro eu... Talvez tivessem razão, todos aqueles sofistas, quando afirmavam que o grande pode ser pequeno e que o novo pode ser velho. Que um pode ser muitos... Muitos podem ser um... Minha crença nas coisas está novamente abalada. Eu achava, por exemplo, que essa entidade era um deus. Depois de ler alguns livros da sua biblioteca, já não tenho mais tanta certeza... Esse Nietzsche, por exemplo... Grande cara!"

Depois de alguns anos de adaptação, perambulava solto pela cidade – praticamente livre do assédio popular, como qualquer celebridade acadêmica. Mantivera o hábito de conversar com pessoas aleatórias. Acabou num bar, rodeado por jovens. Perguntava, sempre sorridente, o que eles achavam da vida. O que é a coragem? O que é bom, ou justo? Esse tipo de coisa... Como a plateia gostava dos assuntos mais emotivos, falou-se muito sobre a beleza e o amor.

Agora o velho tentava explicar para um rapaz o porquê da atração vulgar entre as pessoas. Avisou que sua exposição seria imprópria e antiquada; carente de uma revisão de estilo. Depois de compartilhar essa preocupação, afirmou que ainda acreditava no princípio do que ia dizer, mesmo reconhecendo a necessidade de trocar a imagem que ilustrava esse princípio – quando viesse a inspiração – por algo mais moderno e rigoroso.

"A alma é como uma carruagem puxada por dois cavalos. Um dos cavalos é bom e virtuoso. O outro é mau e desobediente. Antes de morar no corpo, a alma dos homens vagava no infinito e vislumbrava as coisas eternas... Tomadas pelo fascínio dos palácios divinos, as almas seguiam o caminho dos deuses. Como que na entrada desse reino, para atrair a todos, estava a Beleza. Aquelas almas que conseguiam domar o cavalo mau e chegar mais perto podiam vislumbrar também as outras virtudes, que perseguem até hoje quando as encontram em sua forma terrestre. Mas aqueles precipitadamente arrastados para baixo por causa de seus ímpetos viciosos – os intemperantes – conseguiram vislumbrar apenas a Beleza e outras maravilhas menores à entrada do reino, como a Fartura e a Bonança... É por isso que, depois de encarnadas, essas almas não sabem procurar por valores maiores..."

Foi um discurso realmente belo, mas o encanto não durou muito. Ele falava coisas nobres sobre amores elevados, mas não tirava os olhos dos rapazinhos. Foram se irritando com aquele caduco insinuando que todos eram estúpidos. Seguiu-se uma discussão acalorada sobre justiça. Começou uma briga. Sócrates, com mais de setenta anos, continuava forte e imponente, mas eram muitos contra ele. Um punk mais esquentado apareceu com um revólver na mão. Primeira página: "Sócrates é assassinado novamente!"

Houve luto, é claro. Da mídia floresceram incansáveis e breves carpideiras oportunistas – mas não passou disso. A verdade é que ele incomodava. Um *velho* – caído de paraquedas, exilado de uma sociedade retrógrada e ultrapassada. Se demonstrava alguma reverência pelas inovações tecnológicas, não deixava de ridicularizar as pessoas e suas opiniões. Quem ele pensava que era?

Já nenhum programa de rádio ou televisão queria entrevistá-lo. Constrangera inúmeros apresentadores renomados. Divertia-se ao insinuar que os maiores advogados não sabiam a primeira coisa sobre a justiça. Que os políticos não sabiam administrar e que os padres não conheciam a Deus.

Sempre que discutia, o velho atraía um grupo enorme de jovens baderneiros que invariavelmente transformavam o debate numa espécie de "Duelo de MCs", com suas zombarias e provocações. Humilhara celebridades no auge da fama e os homens mais ricos do mundo. Professores adornados por admiráveis diplomas e títulos se despediam dele com a vaidade em frangalhos; espumando de raiva. O filósofo, sempre sorridente. E os indignados sequer podiam atacá-lo abertamente, uma vez que ninguém queria admitir-se enfurecido com o grande Sócrates.

Na universidade, os outros filósofos, os historiadores, os antropólogos e seus colegas já tinham registrado as principais ideias e esclarecimentos. Os médicos o tinham completamente escaneado e recolheram tecido até de sua medula óssea. Deram-se por satisfeitos.

No enterro, alguém disse baixinho: "Já vai tarde, velho veado."

#pedroruffick #fotos #nu #pelado #cu #pau #sangue

NINGUÉM FICOU MAIS SURPRESO DO QUE EU, dois meses atrás, com as notícias do assalto e da experiência de quase-morte da minha mulher, Carmem Geovanna. Quer dizer, eu matei a filha da puta.

Pra vocês, aquilo foi apenas outra notícia sobre a violência nas grandes cidades, apimentada pelo fanatismo que vocês alimentam em relação à vida das celebridades. Pra mim, foi o choque de saber que a vadia tinha se agarrado à vida e continuava respirando em algum hospital.

Sim, sou eu mesmo – Pedro Ruffick – o autor desta carta aberta à sociedade. Nenhum hacker invadiu minha conta oficial para twittar o link que trouxe vocês até aqui. Basta abrir as fotos que vou anexar ao terminar de escrever e qualquer leitor pode confirmar por si mesmo. Não é photoshop.

Eu não aguento mais. Sério. Até no meu momento de maior libertação, encontro-me obrigado a escrever palavras desnecessárias e a apelar para comprovações fotográficas numa absurda cruzada para provar que eu sou realmente eu! Tenho anseios de escrever direta e objetivamente, pra chegar logo ao ponto – mas, como tem sido nos últimos anos, sou interrompido em tudo que faço por vozes fantasmagóricas. Ridículas observações e perguntas cretinas.

Um capetinha – uma LEGIÃO – no meu ombro. A materialização subjetiva (digamos) de toda fedentina intelectual à qual estive exposto e que invariavelmente me levava a atuar mesmo na minha vida privada. Esse raciocínio mendigo e cego dessa gentinha estúpida – vocês!

Vocês que vão ler curiosos porque viram meu nome e me conhecem da "telinha". Vocês que esperam coisas irracionais da minha parte. É preciso que eu diga pra vocês: "Sou eu mesmo, Pedro Ruffick!", porque vocês poderão imaginar por um segundo que isto é apenas outro daqueles spams absurdos nos quais vocês, idiotas, acreditam. Algo com textos do "Veríssimo", ou de príncipes africanos depositando milhões na sua conta se você, primeiro, depositar algum na deles... Promessas de grandes empresas dando dinheiro pra gente pobre cada vez que VOCÊ clica num link qualquer – o que trará, no máximo, um vírus pro seu computador... Como se você realmente fizesse alguma diferença. Vocês acreditam em qualquer besteira e naturalmente desenvolvem uma desconfiança perene.

Sou eu, Pedro Ruffick. Eu quero abrir o jogo. Já estou decidido, mas você precisa abandonar, agora, todo esse lixo absurdo que você traz na veia do pensamento. Carmem Geovanna era uma puta. Ainda é uma puta. Uma das mais ordinárias, inclusive.

É claro que você me viu na televisão abraçado com a vagabunda. E você viu minhas pupilas brilhando em trocas de olhares apaixonados... E sorrisos tão sinceros... Você viu algum repórter idiota perguntar: "E então, Pedro? E a emoção?" Viu minha boca articular palavras inspiradas... Pequenos de-

talhes e discretos sinais que SÓ VOCÊ percebeu...
Por favor, pare de incomodar minha objetividade
com suas expectativas de favelado. Você esqueceu
de onde eu saí? De onde nós dois saímos?

Nós somos atores, porra! Eu lembro de festas
em que a gente fazia uma rodinha de pó e conversava – o Pedro Alonso no meio, sim, aquele ícone de
pureza e inocência, pra vocês, mundanos. E a Paula
Ghaffer, Armando Lobo, Cleber Gonzales, Sérgio
Malandragem... Todo mundo da ceninha... E a gente
conversava sobre a impossibilidade lógica de que
algum idiota no universo urbano ainda não tivesse
percebido que a televisão é um negócio sujo. E logo
ali, do lado de fora do nosso quartinho fechado, estava todo o resto do mundo... Evidência indelével de
que qualquer impossibilidade é uma ilusão, quando
tudo que ela precisa pra acontecer é um pouco a
mais de burrice do que seria sensato acreditar que
o mundo sustentaria. Mas você, idiota, provavelmente nem entendeu essa última frase. Afinal, ela
não se parece mesmo com um diálogo de novela.

Não sabe o quanto odeio ter estudado Shakespeare, Pirandello... Porra, um tanto de nomes que
você não conhece, pra acabar dizendo aquelas frases
ridículas e caricatas, fazendo as expressões mais
forçadas do universo, pra você que não entende su-
tilezas...

E agora essa coisa está tão impregnada em
mim que é difícil separar o teatrinho estúpido que
fiz durante os últimos anos do que eu realmente sou.
O que estou tentando dizer é que, se eu também não
acreditasse um pouco em toda essa farsa, como manter a pose pra convencer toda a sua família estúpida
a dar aquele sorrisinho dengoso e cheio de estreli-

nhas barangas toda vez que eu diga alguma frase decorada, previsível e melada com adoçante artificial?

Quer dizer, agora já não me importa mais. Eu só quero, por uma única vez, ser sincero. Você tem ideia de quanto pau eu chupei pra conseguir meu lugar? Pra ser o "Pedro Ruffick"? Claro... O carinha que todo mundo vê. Que está ali, numa novela depois da outra, fazendo sucesso. Conquistando as garotinhas. Dando entrevista. Festinha de quinze anos. Depois, jantares e coquetéis de gente abastada. Entretendo a nata abestalhada de novos-ricos com minha simples presença. Faturando um pouco. Aparecendo muito. Sorrindo... Tem ideia de quando pau murcho de veado velho eu chupei e segurei e aceitei no rabo pra chegar lá? E quanta porra eu engoli, ou tive esfregada na bunda e na barriga e na cara... Ah... Buceta velha também. Muxibenta fedendo a cigarro e peixe de ontem, porque essas velhas ricas metidas a artista de teatro querem copiar os franceses e sua aceitação do "cheiro natural do corpo". Eu chupei, fazendo cara e movimentos corporais de desejo... Satisfeito. Se eu fechos os olhos ainda posso sentir o cheiro odioso de tanta secreção infecta...

E quantas vezes disse "eu te amo" pra gente que, diferente de vocês, era esperta demais pra acreditar nisso, mas que fazia questão de ouvir essas palavras, mesmo assim, só pra sentir controle...

Caralho, como eu estava cansado dessa hipocrisia de vigiar cada palavra que eu dizia em público. De viver em público. Não podia nem falar "foda-se" num barzinho. Não... Sorrindo! Porque sempre tem um cretino sem vida para quem você é o centro do mundo, só porque aparece na tv. Um monte de celular ligado à frente de rostos contorcidos por uma excitação de campônio na presença de algum lorde. Todos querem filmar e tirar uma foto do Pedro Ruffick ali. Concentrado em fazer cara de bonzinho e em dizer coisas que despertam aplausos naqueles programas estúpidos de domingo. Tipo, "Porque a coisa que a gente deve dar mais valor na vida é a nossa mãe!" – e a plateia grita em condicionado delírio. São palavras que despertam em vocês um sentimento obrigatório de aplaudir e concordar e tudo mais, sem a menor responsabilidade de conferir a relação discurso/realidade.

"E o que o mundo precisa mesmo é de mais amor!" – imensa salva de palmas...

"Eu me pergunto quando nossos governantes vão parar de roubar e se preocupar com o POVO!",

Wuhaaaaaaaaa...!

Clap, clap, clap...

Favelados. Alienados. Cretinos. Ignorantes. Condicionados. Escravizados. Entorpecidos. Manipulados. Obcecados. Cambada de macacos... Puta que pariu, por quanto tempo eu quis dizer tudo isso pra vocês.

Vocês são absurdos, fanáticos e desprezíveis.

Por um lado, sinto agora que foi bom finalmente me libertar dessa merda. Ser capaz de dizer "merda" pra todo mundo ouvir, e ser capaz de falar VÁ SE FODER se isso fere suas expectativas faveladas de ter um garotinho-bonito-bonzinho-que-faz-novela-e-que-você-queria-casado-com-sua-filha-ou-romântico-no-seu-lençol-ridículo-com-cheiro-de-guardado-no-baú-no-qual-eu-não-me-deitaria-agora-nem-que-você-fosse-o-maior-diretor-do-planeta.

Mas é claro que os maiores diretores do planeta não têm lençóis com cheiro de guardado-no-baú. Acredite em mim. Eles têm cheiro de porra e de suor de gente nova.

E aquela puta que eu matei também não era nenhuma santa, como você provavelmente pensa. Ela já deu pra mais de duas Hollywoods e pra toda a Rede Bobo. Se algo que ela quer estiver em seu poder por cinco minutos, olhe pra baixo e ela estará chupando seu pau.

Era fachada, seu bosta. É claro que era fachada. No fundo, você já sabia. Como os jogos de futebol que você sabe serem armados, mas não tem coragem de admitir pra si mesmo porque não tem vida, nem iniciativa, e não sabe encontrar prazer fora daquele tanto de merda que eles te oferecem em massa. Não tem coragem de abandonar esses sonhozinhos de merda que você acumula com o defunto fedorento de um Deus que não existe.

E se essa palhaçada é ridícula e doente, é a única diversão que você consegue entrever da sua vida miserável de escravo favelado, fracassado, frustrado e mal vestido. E você pode bater nos seus filhos também, ou olhar com luxúria pros peitinhos das amigas da sua filha... Ou se orgulhar de ser o mais querido na igreja, ou no colégio, ou no escritório... Sorrindo pra todo mundo... Vivendo uma falsidade bem parecida com a minha, mas nem de longe tão bem recompensada. Nem de longe tão apreciada, porque você não tem competência nem pra fazer um regime. Você é medroso demais pra tomar um comprimido e fascinado demais pra viver bem sem ele...

Chega de sentimentos da gentalha. Vá pra debaixo da saia fedorenta e velha da puta que te pariu. Você não tem condições de compreender, sozinho, o que acontece na realidade. Você precisa da ajuda de gente evoluída. Gente que pode abrir o guarda-roupas e entender o que se passa lá dentro. Esse tipo de gente. Você precisa de nós, mas não oferecemos ajuda. Apenas te viramos de costas pra roubar seu dinheiro e, por diversão, colocar no seu cu.

Agora eu vou nadar contra a corrente. Sim, agora eu quero ser um guia. Um revolucionário! E queria chegar logo ao ponto, mas é um hábito tão enraizado – fazer teatrinho pra vocês – que eu não conseguiria dizer nada antes de tirar isso do caminho:

Sou eu mesmo, Pedro Ruffick. Pela primeira vez, inclusive, esse sou eu de verdade.

Era tudo uma fachada.

Deixe de ser cretino.

Se eu fosse bonzinho, humilde, honesto e essa coisa toda, eu não estaria no show business, seu tapado. Não estaria entre a elite do entretenimento, pelo menos. Milhares de cafetões, larápios, putas e todo tipo de gente gananciosa e desonesta roubariam todas as minhas chances muito antes que eu chegasse PERTO de qualquer lugar. Você não chega no topo, nesse negócio, seguindo com as pernas a bobajada que vocês nos obrigam a cuspir com a boca.

Eu dei três tiros naquela vagabunda. Eu, pessoalmente. Não paguei ninguém, como tanta gente faz. Com minha persona pública, não dava pra confiar em ninguém. Eu fui até lá e disparei quatro vezes. O primeiro tiro só trouxe gritos da vadia e estilhaçou o vidro do carro. Mas os outros três foram à queima-roupa. Eu matei a piranha! Calculei tudo perfeitamente. Ela estava exatamente onde esperei que ela estivesse. Não tinha ninguém na porra daquela esquina e tudo teria dado certo se a puta tivesse morrido. Eu tirei os brincos, cordão, anéis, relógio, as pulseiras e a carteira. Assalto-desespero. Tudo perfeito. Eu conseguiria até mais espaço e salvas de palmas na mídia, chorando e dizendo estúpidas frases de esperança...

Qual a minha surpresa quando a puta apareceu de novo... E nem me avisou nada. Ninguém pensou em me ligar, ou coisa do tipo. Os médicos, enfermeiras, curiosos. Ninguém teve a brilhante ideia de ligar pro marido antes de ligar pra televisão. E daí se o marido é o Pedro Ruffick? Porra, eu sou só mais um cara. E vocês ficam pensando que o "empresário" vai ligar. Que o "agente" vai ligar. Que meu telefone é de ouro brilhante e fora do alcance de meros mortais.

Pois saibam que ninguém ligou. Nem os repórteres apressados incompetentes, que só vieram me procurar depois que eu já sabia.

Vi aquela bicha, por acaso, dando o furo na tv. Fazendo seu próprio teatrinho, como se estivesse realmente se fodendo pra vida da minha mulher. E vi uma puta morta respirando na televisão. Sendo carregada numa maca. Sangrando, mas respirando. Queria que tivessem filmado minha reação pra usar em alguma cena – seguramente foi impagável!

E cadê a coragem pra levantar da cama, soltar a garrafa e correr pro hospital? Cadê a coragem de correr pra qualquer lugar? Porra, agora já não importa mais. Entenda a verdade: Se eu tivesse alguma integridade moral, qualquer força de virtude sincera – como coragem sem oportunismo, honestidade sem oportunismo, ou qualquer outra dessas besteiras sem oportunismo – eu não estaria no topo desse negócio.

Eu segurei a garrafa com mais força. Com mais sede. E agora já não era pra comemorar. E chorei, bebi, cheirei, fumei, cheirei, cheirei, fumei, cheirei... Esperando a polícia chegar e arrombar minha porta e me jogar no chão pra colocar as algemas. Mas eles não vieram. Já são dois meses e apenas os jornais e programas de tv têm me procurado.

Esse mesmo povo parece ter aceitado muito bem – o que, pra mim, foi surpreendente – o isolamento que a vadia pediu para os primeiros dias. Aquilo era sangue de verdade e ela não tinha, agora, tempo pra macacadas.

Quando ela já poderia me receber, a notícia não estava tão quente. Os oportunistas que vinham tentando ouvir meus lamentos e que agora queriam filmar o reencontro se conformaram, finalmente, achando que estávamos simplesmente tratando a coisa com discrição. Querendo passar por cima do acontecido. Adotando, pra variar, alguma dose de recato.

Como se discrição e recato não-oportunistas fizessem parte do negócio.

E, porra, vocês da gentalha têm alguma ideia de como é ridículo ficar dois meses nessa tensão? Ela não falou pra ninguém, a puta. Deixou o mundo pensando que era um assalto mesmo. E agora eu vejo na tv-fofoca que ela pode ter um amante? Que foi vista em alguma baladinha na puta que pariu com um sicofanta qualquer? Ha, ha, ha... Belo truque. Dá pra acreditar que a puta vai me proteger só pra manter a farsa? Que ao invés de me condenar como assassino, ela só vai me rotular como corno e abandonado?

Só depois dessa história do amante eu entendi a pesca. Só então eu fiz o que vocês nunca fazem e tentei me colocar no lugar dela de verdade. Sem fantasia e estereótipos pré-concebidos.

Realmente, dizer a verdade seria muito constrangedor. Ela já sabe que eu não vou tentar de novo; não tem motivos pra sentir medo. Eu estava desesperado, mas não sou idiota. Ela sabe. E essa história do amante resolve a coisa pra todos nós. É preciso reconhecer que a puta tem talento... Tem tutano... A verdade, no nosso caso, é por demais impublicável.

Vou contar uma anedota política. É uma história real, eu só vou mudar os nomes – e não é por pudor, mas porque eu simplesmente não me lembro mais dos nomes. Quem se lembraria? Sequer as enciclopedias deveriam manter-se ocupadas com a guarda dessa sucessão interminável de nomes insignificantes dos ladrões ordinários e passageiros que se revezam nas tetas do poder.

Deputado João disse pra senadora Maria: "Como eu disse, em certa ocasião, na política o que importa não são os fatos, mas a versão dos fatos."

Maria disse: "Sim... É verdade. Mas não foi o Rodrigo quem disse isso?"

João respondeu: "Como eu disse, e repito, o que importa não são os fatos, mas a *versão* dos fatos."

Versão oficial: Carmem Geovanna foi transformada pela experiência de quase-morte. Sente ter renascido e tem um novo amor pra coroar a festa.

Piranha.

O que ela não sabe é que não era só dela que eu estava cansado. É de tudo. Que importância têm os nomes dos galãs e divas que se revezam nos holofotes? Qual o sentido dessa farsa que não beneficia de verdade nem quem é privilegiado por ela?

Você aí, gentalha burra. Você que ainda acredita em discurso que até papagaio aprende, em promessa de político e em Papai do Céu. Se eu enchesse sua barriga de bala, você consegue imaginar um mundo onde você esconderia a identidade do seu agressor e continuaria frequentando as mesmas festas que eu, apenas me evitando um pouco – tudo em nome da sua imagem?

Minha vida tem sido miserável há anos e acho justo atribuir uma boa parte disso à piranha da Carmem, mas nestes últimos meses tenho pensado bastante e reconheço que tentei matar a pessoa errada.

As fotos de nu eu já anexei antes de começar a escrever, por uma questão de tempo. Espero que vocês possam apreciar minha criatividade com os brinquedos. Carmem gostava mais deles do que eu, mas acredito que eles são uma ferramenta bastante oportuna para me ajudar a derrubar a estátua desse falso ídolo cuja construção eu permiti, à minha imagem e semelhança.

As fotos com sangue é claro que não posso incluir até o final, mas vou começar a tirá-las depois de escrever e quero anexar pelo menos duas boas antes de publicar tudo. Queria que o sangue cobrisse sua sala de estar e seus sonhos e suas crenças idiotas e o mundo inteiro, até que ninguém pudesse camuflar mais nada.

O sorriso de Iabaduque Matasuri

O BRILHO DE TODAS AS ESTRELAS NO CÉU não seria suficiente para iluminar os cantos escuros daquele coração sombrio. Completamente negro. Não havia Sol. Não havia Lua. É assim que contaram os pais dos pais de nossos pais, que eu não estava lá. Nem meu pai, nem o pai dele – mas apenas o pai do pai do pai dele, que não se sabe ao certo de onde conhecia a história, já que a coisa aconteceu pra lá do lago Okwa-Mu. Mas muitos outros também a sabiam e é verdade certa o que todos ainda dizem: Iabaduque Matasuri era homem mau.

Sabe-se também que Sinatuque era homem forte. E se a maldade de Iabaduque tinha origem incerta, a força de Sinatuque vinha do pai. Alaudope fez o máximo que pôde, nos poucos anos que teve com o garoto, para transformá-lo no homem que viria a se tornar.

"Sinatuque" – o velho vivia dizendo – "o vento sempre vem. Assim a vida tem sido. Assim sempre será. O vento chega e carrega as folhas. Tudo muda de lugar. Mas pro carvalho, o vento é só carícia na floresta. No seu caminho, filho, tem tempestade forte, que arranca até carvalho. Você precisa ser como uma montanha."

O menino chegava a duvidar do amor do pai, por trás de toda aquela severidade. Mas o regime duro de Alaudope não foi em vão. Mesmo criança,

Sinatuque compreendeu que nenhuma lenha aquecia tanto quanto aquela que a gente mesmo corta. Aprendeu com o próprio esforço. Aprendeu a valorizá-lo. Apesar dos constantes sonhos e fantasias de conforto, não esmoreceu.

Aos dezoito anos, como prometido, foi entregue no castelo de Iabaduque Matasuri, na condição de escravo.

Agora, que já nem sequer podia encontrar-se com o pai, Sinatuque tinha oportunidades constantes de agradecê-lo. O trabalho no castelo era a própria personificação da crueldade, e todos trabalhavam até o completo esgotamento. Ali, onde seus companheiros encontravam apenas cansaço e fonte de lamúrias, Sinatuque via o caminho do autoaprimoramento. Apenas um método alternativo para fazer seu exercício diário, já praticado desde a infância, em busca do fortalecimento constante do corpo e do espírito.

Era dia quente. Todos quebrando pedra. Iabaduque Matasuri chega e manda Soromenho buscar lenha na floresta. Soromenho era homem forte. Levanta pronto. "Mas não quero qualquer lenha," continuou Matasuri, "vai e acha daquela que só dá em árvore difícil, da que queima com mais força." Soromenho foi e voltou com um saco de lenha. "É pouco. Não chega." Soromenho foi e trouxe dois sacos de lenha. "É pouco. Não chega," repetiu Matasuri. Soromenho foi e voltou. Foi e voltou. Foi e voltou. E cada vez que ia, precisava se aventurar para mais longe em busca das árvores raras que não encontrava mais por perto. Trouxe dez sacos de lenha e caiu exausto no chão.

"Piedade," ele pediu. Mas Iabaduque Matasuri sorriu, porque era homem mau, e mandou Soromenho pro poço. Mandou o pobre escravo pro inferno.

Era dia frio. Matasuri chama Ngurangurane e diz: "Quero dez sacos cheios de lenha. Antes da noite chegar." Ngurangurane sai correndo pra floresta. Agora as árvores raras só encontra muito longe, atravessando a outra vila. Consegue cortar toda a lenha, mas não pode carregá-la de uma só vez. No tempo de ir e vir, trazendo os sacos, a noite chega e ele só trouxe oito.

"Piedade," ele pediu. Mas Iabaduque Matasuri sorriu, porque tinha o coração sombrio, e mandou Ngurangurane pro poço. Mandou Ngurangurane pro inferno.

Era outro dia. Matasuri chama Sinatuque e diz: "Seus companheiros me deixaram nervoso. Vai agora pra floresta e me traz quinze sacos de lenha boa, antes de anoitecer."

Quinze sacos... Sinatuque sabe que não há tempo de atravessar a vila e voltar com tudo isso. Então vai até o coração da floresta, onde se ajoelha e começa a cantar:

> ô mãe terra eu te dei o meu suor
> ô mãe terra eu te dei o meu suor
> e agora eu preciso de você
> que é prumodi o meu sangue num escorrer
> eu preciso de cortar lenha da boa
> ô mãe terra eu preciso de você

Ele cantou algumas vezes e a terra se abriu. Dentro do buraco, Sinatuque encontrou todas as árvores que precisava. Tinha também lenha sobrando pra fazer uma carroça onde colocar os sacos, que ele fez porque era esperto. E carregou, com a carroça, toda a lenha de uma só vez, porque era forte. Quando voltou pro castelo, o Sol ainda brincava alto no céu. Deixou a lenha no lugar e retornou ao trabalho de quebrar mais pedras.

Neste dia, Iabaduque Matasuri não sorriu.

Depois, chamava Sinatuque pra tudo. "Quero um galão da água mais limpa, que só sai do fundo daquele lago entre as montanhas do horizonte." "Quero leite de leoa." "Uirapuru." "Oitenta dentes de crocodilo." Iabaduque Matasuri pedia as coisas mais difíceis, mas Sinatuque conseguia tudo e Matasuri não podia sorrir.

Até que certo dia o castelo foi visitado por um feiticeiro. Ele era temido em todos os reinos, e vinha de além da Montanha do Fogo. Passava por ali a caminho das terras negras do Norte. Pedira asilo aos guardas, que nem se deram ao trabalho de, por sua vez, pedir a autorização do mestre – já que ninguém negava abrigo a um feiticeiro. Arrumaram um quarto às pressas. Morrendo de medo de serem transformados em algum dos animais asquerosos.

Iabaduque Matasuri, logo que ficou sabendo do hóspede, pediu que fosse arranjada uma reunião. Um jantar. Não perdeu muito tempo antes de perguntar o que queria: "Com toda sua sabedoria, velho bruxo, me diz: Qual o objeto mais protegido da floresta?" Explicou rapidamente sua situação. Depois, chamou Sinatuque.

"Ouve a ordem e obedece o mestre. Quero um cristal de tchuda. Vai agora! Busca o cristal pra mim."

Sinatuque entendeu o pedido. Não sabia o que era um cristal de tchuda, mas entendeu perfeitamente a situação. Sabia que Matasuri queria, na verdade, era mandá-lo pro poço. Matasuri queria sorrir. Mas Sinatuque saiu assim mesmo à procura do tal cristal. Era servo de nascença; podia apenas aceitar o desafio de seu amo. Foi até a floresta, como de costume, e ajoelhou-se no chão para cantar.

> ô mãe terra eu te dei o meu suor
> ô mãe terra eu te dei o meu suor
> e agora eu preciso de você
> que é prumodi o meu sangue num escorrer
> eu preciso arrumar cristal de tchuda
> ô mãe terra eu preciso de você

Sinatuque cantou e cantou, mas a terra não se abriu. Porque a terra era terra, e cristal de tchuda ela não podia dar.

Sinatuque, então, cantou pro lago, mas nada saiu de dentro da água – já que a água era só água, e cristal de tchuda ela não podia dar.

Sinatuque, finalmente, cantou pro céu, mas nada caiu sobre a floresta. Porque cristal de tchuda era cristal de tchuda, e isso o vento não podia trazer – as nuvens não podiam chorar.

Depois de cantar por toda a noite e por grande parte da manhã, só restava a Sinatuque caminhar até o tamarinheiro em pleno meio dia, pra pedir ajuda aos espíritos e duendes da floresta.

Quando se aproximou da árvore mágica, viu uma velhinha com cabelos muito longos, brancos como algodão, sentada num dos seus galhos. Ela disse "Salve Sinatuque! Homem forte e justo, filho de gente forte e justa. Eu bem que queria agora um cristal de tchuda pra te dar, mas isso ninguém por aqui tem. Se alguém tivesse, com certeza que te dava, musifio. A floresta inteira sabe como você merece. Mas cristal de tchuda, só o Ikiri que tem. O Ikiri malvado, que mora no pé do Morro Triste, dentro da Caverna de Morte."

"Então vou lá pedir pro Ikiri," disse Sinatuque.

"A coisa não é assim tão fácil, meu filho," explicou a velhinha do tamarinheiro. "O Ikiri é uma criatura malvada, como nunca foi nenhum homem. Como nunca foi qualquer animal de carne e osso. Tem o coração mais negro que o caldo do fígado do seu patrão."

"Então eu vou matá-lo e pegar o cristal de tchuda pra mim," sugeriu Sinatuque.

"Também não é tão simples, musifio. Seria até muito bom se você matasse o Ikiri. E a floresta inteira te agradeceria por isso. Mas ele também é uma criatura dura de morrer. Mais duro do que diamante com frio. O elefante já pisou nele. O Ikiri se levantou e foi embora. A aranha e a cobra já o envenenaram. Ele cuspiu nelas e foi embora. Crocodilo o carregou pro fundo do rio. Ikiri saiu de lá no outro dia. Leão mordeu ele no pescoço. Ele riu. Parece que o Ikiri simplesmente não morre."

Com a benção da velha, e nada mais em seu favor, Sinatuque corre passadas largas até a Caverna de Morte, ao pé do Morro Triste.

Ele grita, explicando o que quer. Luta com o Ikiri, e perde. Levanta, e perde de novo. É atirado contra uma árvore. Quase partido ao meio. Percebe que é impossível. Continua tentando.

Sinatuque está deitado no chão. Sangrando e já quase sem dentes. Alguns ossos quebrados. Ikiri se aproxima rindo. "Você lutou como um homem não luta comigo há mais de mil ciclos da lua. No entanto, está aí... Derrotado. Caído. Bicho fraco. Nah... foi um bom esforço, para um humano. Se eu matasse você agora, estaria criando uma lenda da floresta. Vá embora e morra mais tarde, por conta própria, mergulhado na insignificância que todos vocês parecem desenvolver nas oportunidades que o tempo traz..." Ikiri vai embora e deixa Sinatuque derrubado.

Apoiando-se como podia, Sinatuque ajoelhado na terra. Ele chora. E canta.

> *ô mãe terra eu te dei o meu suor*
> *ô mãe terra eu te dei o meu suor*
> *e agora acho que eu vou morrer*
> *que é prumodi eu ir pra junto de você*
> *ô mãe terra eu te dei o meu suor*
> *e agora acho que eu vou morrer*

A terra se abre pela última vez e, ali, onde Sinatuque esperava encontrar apenas a própria cova, descobre um objeto estranho à terra. Inesperado. Talvez abandonado por um lenhador, em qualquer outra parte da floresta. Talvez forjado pelo próprio chão, com as pedras e raízes das plantas.

Enquanto caminhava de volta para o castelo, Sinatuque sorria. A alegria do conhecimento; da compreensão. Sabia o que precisava ser feito. Era algo maior que as condições do seu nascimento. Maior do que tudo nele, ou em seus pais e nos pais dos pais deles. Esse era o caminho que o mundo apontava; que a própria Terra pedia. Ele não precisava ter medo. Não havia poder mais forte do que esse.

Um golpe de machado, e o todo o povo sorriu.

Dia dos pais

MUNENORI, SOZINHO NO QUARTO, aproximou-se da janela para observar o jardim. Pretendia meditar um pouco, antes que o convocassem para as solenidades da festa. Por toda a casa, além de seu quarto, podia ouvir a agitação abafada dos preparativos. Era dia de celebrar, como celebravam há gerações, a memória de Sekishusai — seu mais ilustre antepassado.

Nascido no Brasil, Sekishusai era filho de japoneses. Aos vinte e cinco anos de idade, começara a se preocupar com a própria situação. Não conseguia se interessar pelas mesmas coisas que a maioria das pessoas à sua volta. Não gostava de televisão, por exemplo. Ficava dentro do quarto, lendo. Também gostava de sair para flanar à toa. Nas ruas, em cada janela, o brilho de uma televisão ligada — aquela ultrapassada pérola onipresente da passividade.

Sekishusai preferia sair pra ver o mundo com os próprios olhos. Como intermediários, priorizava os livros. Também visitava museus regularmente. Frequentava estreias do cinema. Teatro. Jazz e rock progressivo. Gostava de tudo aquilo e se dedicava naturalmente às suas paixões. Daquele contato reiterado com obras de arte, aprimorava um aprendizado que teria dificuldades para definir claramente, ainda que certamente lhe fosse querido. Aprendia, ali, novos e improváveis padrões de organização e reorganização simbólica que podia aplicar, mesmo sem perceber, nos problemas e dilemas que encontrava diariamente. Ele sentia que a arte o ajudava mesmo a caracterizar e definir situações complexas que estariam fora do alcance de seu intelecto, caso suas paixões fossem outras. Era sincera, nele, a crença de que suas paixões o guiavam por um trajeto onde poderia tornar-se uma pessoa melhor.

Para o mundo em que viveu, por outro lado, ele ainda não conseguira sequer ser aceito como uma pessoa "boa". Como um "cidadão de respeito". Aquele desenvolvimento artístico que o encantava, estava bastante claro, não era o produto que o mundo esperava de seus esforços.

É inegavelmente virtuoso aprender a rir-se da ganância, por exemplo. Sekishusai tinha aprendido isso. Aos olhos daquele mundo, no entanto, a sua virtude era impiedosamente interpretada como fracasso.

Um desempregado.

Um inútil.

Uma cigarra a brincar, enquanto todos *trabalhavam*.

É claro que ele gostaria muito de ser um escritor, um músico, ou um ator profissional. Um pintor. Trapezista... Sentia-se atraído por diversas atividades, mas nenhuma delas remunerava como seria devido. Quer dizer, o Frank Sinatra ganhara muito dinheiro, mas você não poderia seguir uma carreira de músico achando que ela seria como a do Frank Sinatra.

Você precisa de muito talento pra entrar no lugar do Frank Sinatra – e se você não tiver esse talento, então nem adianta tentar. Mas mesmo que você tenha o talento necessário, ainda é preciso mais do que isso. É preciso sorte. Costa quente. Oportunidade. Qualquer coisa. Variáveis exógenas que não se pode controlar. Um modelo retrógrado de avaliação e recompensa que talvez tenha minado muito as possibilidades do próprio Frank Sinatra, ou impedido que uma voz melhor que a dele chegasse até nós.

Como num jogo de poker, naquele tempo o talento era apenas o preço do pingo para sentar-se à mesa. Uns poucos artistas eram sorteados pela chance para ocuparem um palácio extravagante de holofotes e exageros. Aos outros artistas, imaginava-se, bastava o incentivo daquele pequeno palácio brilhando no céu. Que escalassem como pudessem e que disputassem aos tapas os limitados quartos lá dentro.

Sekishusai viveu num período ignorante e machista, no qual as "famílias" se reuniam em torno de um "macho provedor", com uma consequente desvalorização das mulheres. Entretanto ele já sabia, mesmo naquele tempo, que somos todos pessoas e que de sua renda seria necessário dar uma vida de verdade para ao menos duas pessoas.

Ele queria amar e se casar e protegê-la. Queria ter filhos com ela e condições de pagar as inevitáveis e astronômicas contas dos hospitais naquela época. Escola, impostos e jantares. É preciso, realmente, explicar? Ainda hoje, permanece desnecessário enumerar o que faz do dinheiro uma necessidade. Se você pretende viver de forma responsável, com outras pessoas dependendo de você, parece arriscado apostar o seu talento num jogo de roleta. É isso que o mundo de Sekishusai parecia sugerir para ele. "Aquele caminho está lá apenas para os loucos, irresponsáveis e esquistões..."

Não havia empregos "de verdade" para os artistas. Descobrir-se um artista, naqueles tempos, era ouvir do mundo: "Você está se dedicando a baboseiras. Você tem razão em dizer que isso tudo merece certa atenção e que torna as pessoas melhores, mas, ainda assim, são baboseiras *humanas* demais. Nós pagamos fortunas a determinados gênios. Cobrimos outros tantos idiotas em ouro por tantos ou tantos anos, só pra manter as pessoas entrando. A roleta girando. Mas isso aí é ocupação pra uns poucos. É suficiente. O que é *realmente* importante está aqui desse outro lado. É por essas outras atividades, serviços e produtos que estamos pagando bem e regularmente... É isso que queremos que você aprenda. É a isso que você deve se dedicar. É a isso que precisamos que você se dedique." Um mundo estranho. Em cada janela, o brilho de uma televisão ligada.

Então ele parou de sonhar. Não como quem deixa que os sonhos morram, mas como quem se levanta cedo pra trabalhar e conquistar o sono tranquilo da noite seguinte. Sekishusai parou de visitar museus e voltou à universidade. Era formado em filosofia – a verdadeiramente vã filosofia. Por esse caminho, nem os maiores gênios pareciam ganhar dinheiro. Apenas os oportunistas. A mensagem do mundo pra os filósofos era algo do tipo: "Tudo bem, sabemos que isso aí é uma coisa boa. Mas não estamos realmente interessados. Concordamos em não matar vocês. Talvez até em admirá-los um pouco, da boca pra fora. Mas fiquem quietos aí no seu canto, seus malucos esquisitos..."

Sekishusai voltou à universidade. Não voltava pelos mesmos motivos de antes. Da primeira vez, buscava conhecimento. Agora, estava interessado numa atividade profissional bem remunerada.

Especializou-se em direito tributário. Dedicou-se com afinco. Tratando livros jurídicos como se fossem Mozart. Cada caso como um poema. Buscou a fundo o espírito de sua arte e procurou a cada dia, a cada hora, ser melhor do que era antes. Num terreno tão fértil quanto o do direito tributário – criado pela eterna luta dos governos cobrando tributos, contra as empresas que tentam deixar de pagá-los – seu esforço foi suficiente. Sekishusai floresceu. Apenas alguns anos após o término dos estudos, já era um milionário. Pegava todos os casos mais altos e ganhava a maioria deles.

Apesar da tradição então inerente à profissão, mesmo depois de bem sucedido ele não comprou um BMW. Há, inclusive, uma história lendária sobre a resposta de Sekishusai quando confrontado a respeito da não-extravagância de seu veículo.

Segundo contaram os pais dos pais dos pais de nossos pais, que nenhum de nós estava lá, um grupo de colegas que viera assistir a uma de suas defesas mais disputadas esperava por Sekishusai no estacionamento do tribunal, onde notaram que o carro daquele aclamado advogado era um modelo medíocre e popular. Quando ele se aproximou, num primeiro momento, foi alvo de zombarias. Ao perceberem que o alvo das piadas se divertia com elas, os colegas ficaram muito sérios. Repetiam que um carro extravagante era necessário não apenas pela tradição, ou pelo suposto prazer que ele traria consigo – fantasiosamente intrínseco à sua própria "majestade" – mas também para passar aos clientes a impressão de que ali estava um advogado bem sucedido. Os clientes precisavam disso, eles argumentavam. Era uma questão de profissionalismo! Os clientes *compravam* aquilo.

Sekishusai teria respondido algo como: "Compreendo seu ponto de vista, colegas, mas eu já não trabalho mais para os meus clientes – ou, antes, eu trabalho apenas acidentalmente para eles. Eu entrei nessa carreira, e trabalhei *para os outros* em busca de uma segurança que já foi há muito conquistada. Então já não me importa um puto a impressão que os clientes vão fazer de mim. Se minha voz continua sendo ouvida pelos tribunais, é apenas porque encontrei no meu trabalho um exercício íntimo de autosuperação. É a minha impressão que conta. É apenas a mim que presto contas e que preciso impressionar. Extravagância nunca me impressionou e eu jamais admirei BMWs, mesmo quando não poderia comprá-los. Eu tenho um plano para o dinheiro que venho juntando, mas esse plano não envolve ostentação. O que realmente me fascina é sentir que acordo hoje um advogado melhor do que fui ontem. Além disso, é claro, também é bom ganhar os casos que disputo – como o fiz agora há pouco, antes de vir pro estacionamento. Sinto-me realizado. É bom ter um carro para me levar de volta, mas é só isso que ele representa pra mim. Se você realmente *precisa* de um BMW quando entra na garagem, talvez não seja comprando carros que você consiga melhorar a própria vida, ou as de seus clientes."

Como ficaria claro mais tarde, Sekishusai realmente tinha um plano para o dinheiro que vinha acumulando. Abriu suas próprias empresas. Não porque tivesse tomado gosto pelas negociações e negócios. Não era isso. Na verdade, imaginava uma vida mais confortável se pudesse voltar aos tempos de jovem, admirando quase esquecidas "baboseiras". Mas chegara àquele cume (ou àquele centro) em que todas as artes se parecem e encontrava realização bastante na própria rotina. Sabia, em contrapartida, que o mundo devia estar repleto de pessoas como ele quando jovem. Agora, Sekishusai era um advogado milionário e sentia-se em condições de fazer algo por essas pessoas. Em sua juventude, ele precisara se dobrar para o mundo e desistir dos próprios sonhos em troca de segurança. Agora, através da fartura que acumulara, ele queria oferecer segurança a quem tivesse sonhos.

Abriu empresas pequenas, mas envolvendo um capital considerável. Os empreendimentos prosperavam com a mesma eficiência de sua carreira jurídica. Procurava áreas lucrativas e, ao mesmo tempo, adequadas ao seu sistema imaginado de gestão. Tudo baseado num rígido sistema hierárquico, em que o de cima toma as decisões mais importantes e tem menos trabalho. Assim, quanto mais alto na hierarquia, havia mais tempo livre – e, ao mesmo tempo, mais responsabilidade. Procurava, para os cargos mais elevados, gente que também se interessasse por "baboseiras". Os salários eram altos e, consequentemente, os cargos tornaram-se disputadíssimos. Ele escolhia a dedo sua equipe superior. Descobria mestres empresariais onde ninguém havia pensado em procurá-los. Costumava dizer: "Se você acha difícil elaborar uma estratégia de vendas, nunca passou uma semana consertando um verso!"

Mais do que empregados, Sekishusai procurava por amigos. O homem deve se autoaprimorar, e depois procurar afinidades, ele dizia. Agora, seu próprio estágio de autoaprimoramento já era notável. Transformara-se num verdadeiro artista, e aprendera a transformar arte em atividade lucrativa. Descobria amigos onde encontrava afinidade. Não contratava propriamente empregados, mas artistas. Então tentava mostrar a eles como a arte podia trabalhar também pelas coisas práticas. Artistas têm um jeito próprio de entenderem uns aos outros. Normalmente, ele conseguia. Estimulava-os a fazer o mesmo: procurar por mais amigos, ao invés de empregados. Os braços da sua influência não paravam de crescer. Braços corporativos e afetivos.

As empresas do Grupo Sekishusai esmagavam a concorrência em todas as áreas que ingressavam. Logo, trabalhar para a Sekishusai era algo como, em certo tempo e lugar, fora trabalhar para a Ford, ou para a Google. Depois, ficou maior que isso.

Em muitos países, o poder da corporação Sekishusai passou a competir com o poder do Governo local. Logo, |Governo| tornou-se um conceito bastante diferente do que havia sido até então. De repente, sem que ninguém pudesse dizer exatamente quando aconteceu a derradeira transformação, o Governo era um órgão burocrático e decorativo, sem relação real com as decisões que moldavam e administravam a sociedade.

Os jovens, que costumavam sentar-se nos bares pra discutir qual faculdade lhes interessava mais, agora discutiam em qual setor da Sekishusai gostariam de trabalhar.

Para além das escolas preparatórias oficiais, havia cursos e mais cursos – apostilas... – inúmeros métodos e doutrinas ensinando como subir hierarquicamente na maior empregadora do planeta. O que estudar. Como fazer. Pelo que se interessar.

Eventualmente, os valores da empresa entornaram sobre o resto do mundo e se transformaram em valores humanos, para todos. Uma criança que mostrasse, na escola, inclinações artísticas e criativas, era logo vista como exemplo e lhe atribuíam, por cima, um futuro próspero e invejável.

Já nas primeiras escolas Sekishusai, qualquer garoto de vinte anos conhecia Aristóteles como os de certa época conheceram Beatles. Jorge Luis Borges como Cavaleiros do Zodíaco. Umberto Eco como Paulo Coelho e Rafael como Tarantino.

Os grandes executivos levavam uma vida quase que completamente ociosa, oficialmente. Não era cobrado muito deles. Precisavam apenas continuar engajados em qualquer tipo de atividade que levasse ao autoaprimoramento. Além disso, também deviam manter-se informados sobre o andamento da máquina sob seus pés. E isso era fácil, através dos vários e eficientes jornais setoriais, aos quais eram somados eventuais relatórios específicos e pessoais.

Havia casos fantásticos, como o de Deluv Rien – um dos Três Maiores do setor agrário, durante o período Muromachi. Conta-se que seu setor funcionava com tamanha eficiência que ele teria ficado três anos seguidos sem precisar tomar uma decisão sequer.

Sua intervenção, já bastante inesperada, àquela altura, trazia instruções igualmente espantosas:

"Comunicamos que será preciso adiar em um mês o plantio do feijão, para este ano, nas fazendas da área 66."

Houvera uma época em que um chefe era o primo do dono, um amante, ou simplesmente a pessoa mais inescrupulosa no setor. Aquela época havia terminado e ninguém pensou em questionar as orientações de alguém que todos sabiam ser mais competente do que eles. Contrários às suas próprias previsões e expectativas, os responsáveis adiaram em um mês o plantio do feijão. A chuva também atrasou, como a decisão de Deluv sugeria, e a manobra possibilitou a economia de uma pequena fortuna que, de outra forma, seria necessária para administrar uma irrigação artificial.

Quando interrogado sobre aquela previsão esdrúxula – que contrariava os boletins do setor meteorológico – Deluv explicou que fora capaz de concluir o atraso da chuva por dedicação à pintura.

Tentava, há alguns anos, pintar determinada cena de um céu sombrio onde o vento carregava folhas. No próprio seio de sua sensibilidade, ele abrigava algo que lhe inspirava obras-primas enquanto, ao mesmo tempo (talvez por isso mesmo), rejeitava todos seus resultados.

Inumeráveis telas lambuzadas em vão. Determinado e insatisfeito com os estudos das técnicas de outros pintores, Deluv decidira investigar à própria natureza em busca de uma clave para a sua arte. Nesse caminho, enquanto estudava sobre a luz, envolveu-se nos problemas climáticos. Movimentos do ar e das nuvens. Condições atmosféricas. O Sol. Seu trabalho progredia, mas continuava sendo rejeitado pela tirânica musa a quem ele servia. Mergulhando mais e mais fundo no assunto, chegara a várias conclusões surpreendentes – artística e corporativamente falando.

Não era difícil aprofundar-se, com tantas pesquisas pertinentes sendo realizadas ali, no setor produtivo que ele mesmo gerenciava. Somando a isso todo o banco de dados da organização, ele tinha à sua disposição uma quantidade absurda de dados climáticos coletados ao redor do Globo, de forma confiável e organizada. Caso ele precisasse de um gráfico pluvial de toda a China durante a última década, ou de apenas uma cidade no Chile, durante dez dias, bastava uns poucos minutos no computador da Sekishusai.

Quando percebeu a aproximação de uma condição climática propícia ao estudo da luz que lhe interessava, justamente num momento anômalo de suspensão da chuva, descobriu ao mesmo tempo que o fenômeno em questão não estava previsto no jornal setorial – de forma que aconselhou pessoalmente os ajustes necessários à produção.

Voltou à obscuridade de seus estudos, de onde retornaria, meses mais tarde, com um quadro fabuloso – que arrancou o véu de suas musas – e com um envelope que enviou ao setor meteorológico, contendo uma descrição clara e detalhada da sua pesquisa pessoal sobre a formação da chuva. Esse documento é publicado até hoje, tanto pelos seus méritos históricos e científicos, quanto pelo prazer literário que muitos relatam extrair de suas páginas.

Não são poucos os que falam em duas histórias da previsão do tempo – uma antes do documento, quando a meteorologia seria ainda incerta e apenas estimativa, e a previsão do tempo como nós a conhecemos hoje, possibilitada pelas descobertas de Deluv Rien.

Sozinho no quarto, agora alheio à agitação abafada dos preparativos para a festa, Munenori meditava tão concentrado e reverente que dir-se-ia estar caindo sobre ele um ataque aéreo. E tanto faz que fosse um antepassado *seu* – a meditação que ele fazia honrava a um pai para todos, e poderia ter sido empreendida por qualquer um. De fato, muitos homens e mulheres dedicavam-se a meditações semelhantes durante aquele dia.

Repassando mentalmente a trajetória de Sekishusai, Munenori prestava uma homenagem íntima ao homem que inaugurara um novo mundo. Depois dele, geração após geração, o mundo viu surgir prosperidade. Tudo vicejava graças ao pai que os educara e que plantara no jardim das ruas a mais bela semente. É natural que o mundo celebrasse a sua memória durante o dia dos pais.

Como folha indefesa contra o vento, até os corpos de homens imortais são imparcialmente consumidos pelo tempo. Sekishusai, o grande pai, havia morrido – mas seu primogênito, Kojiro, dera continuidade à sua obra. E os filhos dele também. E os filhos dos filhos dele e assim por diante...

Munenori, agora, terminava de curvar-se pela terceira vez, com o que concluía as formalidades de seu ritual. Num samadhi ocioso, observando o jardim, ele todo ainda agradecia. Logo, suspirava...

As folhas morrem derrubadas e crescem de

novo, só pra cair e nascer outra vez. Tanto feito...
Ainda tanto por fazer... Era um dia de alegria, e
ainda assim...

Ainda assim ele teve o samadhi perturbado
pela violência de algo que se quebrava, quem sabe
na cozinha. Caminhava solene e preocupado em direção à porta do quarto quando esta se abriu e eles
já estavam lá dentro. Sujos. Gritando. Quatro deles.
Os incompreensíveis rebeldes. As crescentes mani-
festações sonoras da algazarra evidenciavam a presença de tantos outros pela casa. Como tinham con-
seguido chegar até ali? Enlouquecidos. Envaidecidos.
Gananciosos. Desempregados. Atirando.

Munenori tombou na primeira rajada. A cabeça faltando um pedaço. Pequenos nacos ensebados
de sangue que se espalharam no chão do quarto,
para serem impiedosamente esmagados pelos inva-
sores e suas botas enlameadas que não paravam de
pisotear. Sempre atirando. Loucos.

Ainda chutaram o corpo inanimado crivado de
balas até que lhes doessem os joelhos. Partiram correndo naquele festival de histeria que adoravam
promover. Ainda atirando. Espalhando aos berros
a Boa Nova:

"VIVA REVOLUÇÃO!", "VIVA, VIVA!..."

Pouco depois dos cogumelos

AO BAQUE DO PRIMEIRO TIRO NAS COSTAS, Fernando dobrou os joelhos e caiu como homem – na giratória – espremendo com força o dedo no próprio gatilho como se não estivesse operando uma arma, mas cerrando o punho ferozmente para desferir um último soco desesperado. Com essa retaliação, ofereceu a pequena cobertura que permitiu a Tomás correr mais um passo e pular para dentro da trincheira antes que fosse alvejado.

Temporariamente protegido no buraco, Tomás tremia involuntariamente com os balaços da rajada que chegava atrasada onde há pouco havia estado o seu corpo. Os tiros explodiam blocos de terra sobre sua cabeça, cobrindo o ar com uma poeira vermelha e perfumada que emprestava um tom ainda mais sinistro à paisagem apocalíptica sob o céu radioativo.

Mais uma batalha brutal numa guerra sem motivos coletivos. Interesses de tubarões-vampiros-senadores-larápios-empresários-ditadores inimigos em partes diferentes do mundo. Cinco engravatados alienados comendo patê; jogando xadrez. Discutindo pelo telefone. *Like a sir*. Filhos da puta.

Cidades transformadas em tapetes de escombro + ferro derretido. O horizonte arruinado em chamas. Pouco depois dos cogumelos. Corpos inchados carcomidos flutuando em cada rio poluído. Crianças empaladas em espetos chamuscados apodrecendo sob a chuva ácida. Outra saraivada de balas. O coração no ritmo dos disparos.

Enquanto recarregava apressado, Tomás foi invadido pela inesperada revelação de que tudo estava interligado – como flores e abelhas que são, de fato, um único organismo. Percebeu que tudo faz parte do Um, e que esse Um morria. Era a própria Mãe Natureza que gritava pela boca dos caídos, agonizando com eles no leito de morte.

Sem que nunca lhe houvessem introduzido ao conceito de sonhos lúcidos, teve a insistente impressão de estar sonhando. Interrompeu a recarga da arma pra dar um murro no chão. Queria ter certeza.

O contato com a terra úmida e fofa não deixava dúvidas. O soldado experimentou algo muito intenso, como se antes daquele soco ele estivesse dopado por um alucinógeno despercebido e agora o efeito passasse num estalo.

Sentiu-se como se por dez mil anos tivesse existido na forma de um balde cheio, cujo fundo havia finalmente se rompido e toda a água escorrido num jato. Aquilo que ele aprendera, durante toda a vida, a interpretar como "real" era mais um sonho. Aquilo não era a *realidade*. Achou engraçado, na verdade, que pudesse ter se confundido por tanto tempo...

Numa fração de segundo, Tomás recordou o insondável início do universo. Vieram-lhe à memória os primeiros dias de tédio, quando resolvera sonhar para se distrair da sua condição de Deus. Lembrou-se dos primeiros 1.728.000 anos de suposta perfeição – quando se deleitara em sonhar com prazeres e realizações constantes.

Enquanto ainda sentia o cheiro da terra com

a qual sonhava agora, Tomás revivia as experiências oníricas imprevisíveis que seguiram o primeiro período de contínuos caprichos. Aborrecido pelo prazer invariável, arriscara-se em sonhos que pudessem surpreendê-lo, permeados por fatias cada vez mais gordas de loucura e de caos. Em meio à guerra fantasiosa que o rodeava, deleitou-se no frenesi atrevido da primeira ânsia de perder o controle em detrimento do próprio bem-estar – algo que ele ainda experimentava em delírio através de cada junkie na sarjeta.

Num misto de comoção e divertimento, Tomás compreendeu que havia finalmente atingido o estado de pesadelo impraticável; sonhava o suicídio.

Qualquer um de nós que tenha sonhado a própria morte, em pesadelo, sabe que o natural é despertar logo antes do fim. Assim, Tomás saiu da trincheira e deixou a arma para trás. Sem hesitação, ou medo, caminhou na direção dos que até então tinham sido seus inimigos. Esteve sob a mira certa de uma metralhadora, mas nenhum tiro partiu dali. O soldado que mirava também acordou, a tempo de soltar o gatilho. Ele sorriu, encabulado, porque não existem razões para matar a si mesmo depois que percebemos sermos todos Deus.

Um por um, cada pássaro e cada pessoa – cada planta e todo ser vivo – descobriu ser apenas Um; que estava, na verdade, sonhando há várias e várias eras ser cada um deles.

De forma que o mundo desapareceu e Deus, satisfeito, não voltou a sonhar por um período igualmente longo de tempo.

Paracelso apaixonado

SERIA MUITO FÁCIL DESCREVER, para um leitor holandês, o café em que Camila entrava no final daquela manhã, no único dia de sua vida que realmente nos interessa neste livro. Bastaria escrever "Ela entrou num bom café... Aquele ali na Kiekpad, manja?" e o assunto estaria encerrado – porque imagino eu, aqui da minha esperançosa ignorância, que todo holandês conheça Leiden e, por consequência, o Kiekpad (tão bonito e ali tão pertinho da estação).

Transmitir a mesma cena para os colegas brasileiros de Camila, por outro lado – urbanoides tropicais para quem a tranquilidade parece um luxo e vem pintada por aqueles tons de euforia que jogam confetes sobre si mesmos – já seria uma tarefa muito mais complicada.

Se você pensa em Camila entrando num café, depois de flanar aleatoriamente em estético deleite, e sente logo o cheiro de madeira, ouve a tranquilidade que aceita a si própria sem hipermediação e percebe um moinho além da janela, você está no caminho certo!

Caso isso não aconteça, digite "Kiekpad" no seu buscador e mande-o exibir imagens. Assim, você ao menos terá um contato visual com o maravilhoso entorno alienígena pertencente à cidade de Leiden, onde fica esse café em que Camila entrava, repito, no final da manhã do único dia de sua vida que nos interessa neste livro.

Cansada e com boa disposição, depois de acomodar-se numa mesa a garota pediu um almoço. Nunca sabia exatamente o que responder quando lhe perguntavam "Como vai querer o bife?", e disse "Mal passado" por não ter-se decidido entre as opções.

Tirou um livro da mochila, enquanto esperava, e não poderia imaginar que o nome do autor, escrito em letras grandes na capa, provocaria o desagrado de uma senhora por perto – ainda que o título, traduzido para o português, fosse incompreensível para a holandesa.

No dia em que Camila nasceu, embora o fato não tenha chegado ao seu conhecimento, um furacão de proporções jamais vistas assolou inóspita e inabitada região da América do Norte. O acontecimento não teve qualquer influência em seu caráter, ou história.

No dia em que você nasceu, leitor, uma pessoa determinada – muito querida por outras pessoas – morreu em alguma parte da China. É apenas natural que coisas aconteçam de forma sincronizada, pois tudo que acontece o faz agora, inseparável de tudo mais que também simultaneamente acontece, e parece um pouco infantil contagiar-se com a seleção de dois eventos ocorrendo juntos.

Há vários fenômenos, além da simultaneidade, que despertam raciocínios apressados e injustos. Hemingway, por exemplo, armou um navio inteiro e saiu à costa, como um lunático, na defesa dos ideais de seus malucos e canalhas domésticos. Esses malucos venceram a guerra e, hoje, Hemingway é um herói mundial. Já Knut Hamsun – um escritor muito superior, que aleatoriamente fora criado do outro lado da disputa – escreveu alguns panfletos em defesa de seus próprios malucos e, como estes foram derrotados, ninguém fala mais do cara...

O livro de Camila, que provocara o desagrado de uma senhora por perto, era de um escritor que também fora ostracizado pela sua posição na guerra. Poderíamos considerar justa a irritação da senhora, com um maço de papéis, porque seu autor se posicionara com uns malucos em detrimento de outros?

O que estou tentando demonstrar aqui é que nem tudo faz sentido e que as conclusões da maioria das pessoas costumam transcender, ou evitar, a verdade.

Então não é nenhuma coincidência significativa, ou sucessão lógica de eventos, que um senhor recém-chegado, ao ocupar a mesa vizinha, tenha pedido o mesmo almoço que a garota com o livro esperava chegar. O que é realmente notável, para mim, foi o diálogo que esse mesmo senhor teve com a garçonete, quando esta lhe perguntou:

- Como vai querer o bife?
- Pronto!
- Mas *pronto* como?
- *Pronto*, ora! Se o cozinheiro não sabe quando o bife está pronto, eu é que não vou me arriscar....

A conversa também chamou a atenção de Camila, que voltou sua atenção para a mesa ao lado, enquanto apenas fingia ler. A garçonete que tentava tirar uma resposta válida daquele intransigente senhor engoliu um polido seco, seus olhos baixaram apenas por um segundo e, ato contínuo ao desabrochar dos cílios, com um tom confiante e paciente, ela retrucou:

"Eu compreendo sua queixa, mas a minha pergunta não sugere que estamos nos isentando da responsabilidade de preparar um bom bife! O importante é reconhecer que um bom bife pode ser preparado e preferido em três condições distintas – mal passado, ao ponto e bem passado – que poderiam ser mesmo consideradas como três pratos diferentes!"

O velho escutava satisfeito, sem dar nenhuma demonstração de que pretendia interrompê-la.

"O senhor deve concordar que não seria razoável um cardápio que oferecesse apenas *carne de porco*, ou *peixe*, cabendo ao chefe decidir todos os pormenores de sua preparação, não é mesmo?"

"O que a senhorita disse faz perfeito sentido, mas está fora de escala... Pense comigo: ainda que todo ser humano tenha uma mãe, a raça humana não tem uma mãe, percebe? O que descreve uma pessoa nem sempre se aplica à humanidade..."

O velho era tão expressivo e carismático, em sua aparência de ator inglês interpretando um lorde, que de alguma forma aquele absurdo início de explicação divertia às duas garotas.

"Da mesma forma, o que se aplica à carne não se aplica ao bife. Antes de prosseguirmos, seja condescendente e me responda sinceramente algo que vai parecer irrelevante, mas que é crucial! Enquanto conversamos, você sente o vento que atravessa o prédio, da porta de entrada à janela que seu colega abriu há pouco?"

Camila não se conteve e virou a cabeça para buscar a janela. Depois de descobri-la aberta, de fato sentiu que havia vento. A garçonete reagiu de forma similar e respondeu, sorrindo:

"Eu não estava sentindo o vento! Realmente, está uma delícia, obrigada por mencionar."

"*Alsjeblieft*! E não há nada de errado em distrair-se do todo, Penny. Você realmente se chama Penny, como sugere o crachá? O seu sotaque parece um pouco incompatível com esse nome..."

"Pe... Penha... Meu nome é Penha, mas ninguém por aqui sabe como pronunciar , então eu coloquei Penny para facilitar." :)

Também não há nada de particularmente significativo no fato de que as duas garotas, e o narrador da história, sejam brasileiros. É apenas como as coisas aconteceram e parece um pouco ocioso prender-se nesse tipo de coisa... Melhor voltar para o diálogo no café, antes que percamos algo interessante:

"De qualquer forma, *Peña*, eu dizia que não há nada de errado em deixar escapar imensas fatias do Todo, como o vento, ou as estrelas... Assim como não haveria nada de errado em cair se alguém lhe atirasse de um trapézio ao outro... Não! Eu sentia o vento porque, como consequência da minha ocupação, desenvolvi um tipo de atenção aberrante que está sempre alerta enquanto repousa. Eu sou um místico, você vê? :) Eu vejo o mundo com olhos atentos que enxergam segredos e sinais em tudo. E eu me recuso a pensar num bife como em carne de porco! Porque este último nome é genérico, enquanto o bife se refere a uma amostra específica de carne. Em outras palavras, enquanto carne de porco pode ser qualquer bife, um bife é um bife, é um bife... Assim como uma rosa é uma rosa, é uma rosa... E aquele bife individual que o chefe vai preparar para mim está cheio de coisas só dele – tanto quanto qualquer pessoa, flor, ou atmosfera... O chefe é quem sabe quando *aquele* bife está pronto! Eu aprecio todos os pontos do bife, mas cada bife em particular ficaria perfeitamente pronto em seu próprio ponto. :) Concorda?"

Penha se curvou num sorriso mais divertido do que polido, provavelmente tão encantada com o velho quanto Camila estava.

"Eu vou falar com o chef!"

"Muito obrigado!"

A garçonete saiu e o velho voltou-se para Camila, que o encarava. Ele disse:

"Bom dia!"

Apenas isso, mas em português, o que desconcertou a garota.

"É um ótimo livro esse que você está lendo," ele continuou, com apenas um pouquinho de sotaque. "A tristeza do mundo atinge as criaturas como pode, mas atingi-las parece conseguir quase sempre."

Agora ela podia observar o homem diretamente. Ele era um elegante senhor de meia idade – uma daquelas pessoas que, de alguma forma, dão a impressão de serem mais velhas do que aparentam, justamente por levantarem a desconfiança de que sua energia lhes dá um ar de serem mais jovens do que realmente são. Camila ainda estava sem reação e ele continuou:

"Eu estava citando uma frase do livro. Por coincidência, eu o reli há pouco tempo e alguns trechos mais marcantes continuam frescos na lembrança."

"Ainda não devo ter chegado a essa parte...

Estou nas primeiras páginas," Camila comentou acanhada, exibindo o livro aberto.

"Mas é claro que você já chegou lá," o velho disse sorrindo. "Se você já leu um pedaço, pode *naum* ter chegado à frase, mas já leu sobre o assunto... E se você está aqui, vestida de preto e fazendo essa viagem ao fim da noite num dia aberto de sol, de alguma forma você já chegou lá... Tudo que está vivo conhece essa verdade, na prática." :)

O sorriso era confiante, mas desinteressado – sem qualquer sombra de sarcasmo, ou ar de superioridade. Aquele senhor inspirava tamanha tranquilidade e confiança que a garota foi se desprendendo daquele sentimento inevitável de invasão à sua privacidade adolescente, que geralmente intermediava suas relações com as outras gerações.

Ela sorriu também, esperando que ele falasse mais. O velho, no entanto, permaneceu quieto, ainda sorrindo.

Num desatino discreto de garota que não suporta o espetáculo constante do trivial, intercalado por grandes blocos de silêncio, ela criou coragem para perguntar:

"E depois a gente passa dessa parte, em que a tristeza do mundo nos atinge, ou estamos presos a ela para sempre?"

"Ah, a gente pode sair dessa parte sim, se insistir bastante," começou o homem, enquanto trocava de cadeira para que ocupassem apenas uma mesa. "Mas infelizmente, mesmo depois disso, podemos nos encontrar relendo o livro, como eu mesmo o fiz há poucos dias." :)

Eles fumaram enquanto aguardavam bifes.

Camila falou da vida. O senhor elegante, entre observações interessantíssimas, oferecia apenas pistas evasivas sobre si mesmo. Quando terminaram de almoçar, ele meteu a mão no bolso e tirou de lá um anel.

"Você acredita em bruxaria?" ele perguntou, enquanto seu corpo deixava claro que se despedia. Tinha o mesmo sorriso constante no rosto, agora carregado por uma suave nota cômica.

"Não," ela respondeu, "mas sei que as bruxas existem." ;)

"Então leve este anel com você. Satisfaça as tolices de um velho bobo e coloque-o no dedo quando for dormir. Tem uma pedra bonita."

É engraçado como nos comprometemos seriamente com algumas bobagens... Como levantar da cama com o pé direito, não pisar em listras na calçada, ou nunca mais utilizar a palavra "deveras".

Estamos todos sujeitos a comportamentos que não surgem de uma lógica, ou intenção. E assim comprometeu-se Camila com o pedido do velho. De forma que, à noite, antes de dormir, colocou o anel no dedo e pôs-se a admirar a pedra. Era deveras interessante.

E justo quando perdia o interesse pela joia, a garota notou um brilho furtivo, bem no fundo daquela pedra. Espremeu os olhos para ver melhor. O brilho pareceu piscar por um instante e, de repente, tudo sumiu.

O quarto desapareceu, com o colchão, o travesseiro e o próprio anel. Camila foi atravessada por uma sensação que não saberia descrever rigorosamente. Um transe? Dificilmente uma palavra exata. Nem saberia dizer se viu, ouviu, ou se apenas sentiu. Ela esteve lá? Impossível identificar a fonte precisa daquele conhecimento. Mas, de alguma forma, ela soube quem era o velho. Conheceu sua vida, sua dor, e obteve respostas para todas as outras dúvidas que tivera mais cedo, no café. E aquilo foi ainda mais surpreendente do que qualquer coisa que ela poderia imaginar.

⁙

Ele tragava forte a cada vinte passos e você quase podia ver a raiva saindo com a fumaça. Ainda mais encolerizado porque pensava no passado recente em que, alucinado, chegara mesmo a desejar aquilo.

Um idiota. Culto, alerta e experimente, mas ainda assim um idiota. Como poderia ter-se iludido, antes, a pintar aquela taquicardia odiosa como "manifestação da própria substância da qual deve ser feita a vida"? A vida para um ser humano... Toda moeda tem dois lados e o troco agora lhe dá náuseas. Julga doentia a excitação duramente conquistada.

Ele anda com pressa e fuma exageradamente. Está com raiva e compreende que vai longe o tempo em que sabia lidar com isso.

É uma vida nova, desde que abandonou sua confortável condição de deus. Lembra de um tempo remoto, ainda antes de se tornar um mestre, quando escrevera que "é preferível falar em ninfas do que em acontecimentos sociais; em gigantes, do que em frivolidades cortesãs; em sereias, do que em cavalaria e artilharia; em gnomos, do que esgrima e damas. É melhor tratar de coisas divinas do que se ocupar com maneiras mundanas, usos e costumes da corte e outras futilidades."

Depois de tudo que passou, conquistou e abandonou, considera que o ciclo deu a volta e que foi tolice ter voltado atrás – como o homem que viaja apenas para descobrir que não precisava ir a parte alguma. Furioso, a carne agora lhe dá nojo.

Calcula que não sorri há onze dias – um absurdo! Antes, por qualquer coisa... Uma cor, um gosto, uma voz. Tudo lhe inspirava um sorriso perene, discreto e sincero. Gargalhava por ninharias. Porque um mosquito alisava as próprias asas com cirúrgicas perninhas magras. Porque uma montanha lembrava o mapa da África visto de lado...

O último sorriso, ele recorda, surgiu ao reencontrar seu nome completo enquanto folheava o jornal. Uma sequência de letras que ele não lia há muito e que o pegou desprevenido. *Philippus Aureolus Theophrastus Bombastus von Hohenheim*! Pensou em se apresentar assim, qualquer dia desses, e sorriu. Um nome sobremodo bombástico e, há muito, inconveniente. Poderia preencher uma página inteira rabiscando os vários pseudônimos que adotara ao longo os séculos. O mais famoso deles também aparecia no jornal, em destaque no título do artigo: "A alquimia de Paracelso"

Na duríssima prática de sua arte, entre milhares e milhares de destilações, descobriu como uma coisa pode virar outra. Como tudo é o mesmo, que muda apenas de forma, por adaptações. Ele próprio se transformou e, da carne e sangue que havia nascido, deixou de ser Homem e tornou-se um deus. Um ser que não encontra outra definição justa em nossa linguagem.

Podia ser visto com frequência nas bibliotecas. Às vezes, era o senhor elegante com um sorriso no rosto. Em outro dia, era uma garota que sorria. Sobre o telhado das casas, foi um gato ágil e curioso. Observou as cidades do alto, sentindo as penas vibrarem com o vento.

Enganou a morte ou, antes, fez um pacto com ela. Fez-se como a água, como as nuvens, que mudando de forma e insistindo com suavidade – contornando, ou subindo e caindo – sempre vence e permanece.

Mas, ai, que um dia ela surgiu com cabelos que pareciam um retalho da noite, e um anel de prata com uma pedra medíocre – um nada, se comparada a todas as maravilhas que ele já criara ou presenciara – mas que perto dela brilhava como um sol. Uma estrela da manhã em forma de mulher.

Em sua vida pública – aquela que o jornal supostamente reportava – ele fora um homem energético e arrogante. Havia até uma lenda equivocada, mas verossímil, de que o adjetivo "bombástico" se referia originalmente a um de seus sobrenomes.

O jornal o enaltecia como um dos maiores e mais admiráveis sábios da história. Mas as pessoas gostam de seus sábios dóceis e complacentes. Não havia qualquer referência ao seu temperamento, que, entre outros exemplos similares, o levara a escrever: "Eu sou Theophrastus e sou maior do que aqueles aos quais vocês me comparam. Sou Theophrastus e sou ainda *monarcha medicorum*, posso lhes provar aquilo que vocês não poderiam provar. Eu não preciso de armadura contra vocês, que não são bastante estudados ou experientes para refutar uma única palavra minha. Deixem-me explicar uma coisa: cada cabelinho no meu pescoço conhece mais do que vocês e todos os seus escribas, e as fivelas dos meus sapatos são mais cultas que os seus sábios. A minha barba possui mais experiência que todas as suas escolas."

Amor? Bah... Como ele poderia amar aquela gentalha que desejava o nobre e escolhia o vantajoso? Ele amava o conhecer, o experimentar, o transcender... O transformar-se de merda em ouro. A Montanha Mágica.

Tivesse fracassado, morreria depois de 60, ou 80 voltas desse planetinha maluco acreditando que o amor era uma fantasia. Mas foi bem sucedido e permaneceu. Continuava vivo e atento quando Bianca apareceu e, displicentemente – inconscientemente – lhe provou o contrário.

Uma única Bianca entre as tantas Biancas da história. Entre as tantas Camilas e Inas e Hirokos e Mudiwas e Ashleys e Penhas e Pennys. Um única italiana entre tantas mulheres. Branca como o nome. O amor.

"Preferível falar em ninfas do que em acontecimentos sociais," ele havia escrito antes de tornar-se um mestre. Será? Melhor aquela vida alheia, etérea e isolada, do que estar com os pés no chão entre esses seres fantásticos – ainda que tão terríveis?

Seres entre os quais nascemos todos irmãos.

Ele tinha fugido. Ela o levou a pensar em tudo com novos olhos. Ver tudo através de um novo coração. Um coração que desejava existir de novo, em carne que apodrece bombeando o vulgar sangue vermelho em que se banhavam os bruxos.

Através dessa mulher, apaixonou-se pela primeira vez com a criatura frágil e confusa que é o Homem. Algo que, até aquele momento, ele pudera apenas suportar. Descobriu no ser humano a criatura capaz de se desenvolver até limites desconhecidos – como ele próprio havia feito. Pensou nos outros iguais a ele. Até em si mesmo o grande sábio pensava com impessoalidade. Experimentou um orgulho imenso e inédito por ter sido Homem um dia e pela existência deles no Infinito.

E tudo isso concentrado nela, com seus ombros delicados + hipnóticos olhos famintos. O alquimista se transformou mais uma vez, por amor, e como um ser humano a teve em seus braços.

Não podia mais transformar-se em gatos, garotas, ou fumaça. Abraçara com o corpo as transformações mais mundanas, inevitáveis e imprevisíveis que eram obra natural do tempo. Experimentou uma agulha na ponta do dedo e assistiu, impressionado, ao espetáculo do próprio sangue. A relembrança da dor.

Fumando em fúria a caminho de casa.

Ele tem pop-ups mentais: *"Tudo se comunica, e nada se toca."*

Parece improvável, mas pode-se obter esclarecimentos profundos através da raiva.

Enfurecido, sentia vontade de chorar e, indignado, vasculhou sua existência em busca da fonte exata e objetiva daquela dor. Paracelso era um habilidoso caçador de si e, via de regra, reconhecia cada sombra que o atravessava. Mas de coração partido, era uma operação complicada. Ele precisava enviar uma nave de sensibilidade para além do magma flamejante dos pensamentos obsessivos que explodiam do gêiser incontrolável em que sua consciência havia se transformado.

Ele não existia ali como um alquimista, ou mesmo como um homem sensato. Era um louco lembrando que fora mago um dia e concentrando todo o seu poder para remover toneladas de lava desordeira e encontrar nas gavetas, em meio aos escombros, as suas runas mágicas.

E ao atravessar o ego, a sombra, o anima – ou como quer que você escolha chamar a porra dessas camadas do existir – ao chegar lá no centro de si mesmo ele tomou um susto. Havia outro ali, que circulava por perto. Um espectro que ele não conhecia. Então ele compreendeu.

Chegou em casa um pouco mais calmo. Ainda bastante desconcertado, envergonhado, enraivecido e sofrendo. Os últimos acontecimentos tinham-no exaltado a tal ponto que sentia precisar de ajuda medicinal para atravessar a crise.

Foi até o laboratório e abriu seu armário de medicamentos, onde vasculhou incontáveis ervas e raízes, recolhidas de todas as partes do mundo. Finalmente, encontrou seu calmante favorito: maconha. Enrolou um baseado – ainda de pé, inquieto – e ao terminar sentou-se para meditar enquanto fumava.

À medida que disciplinava a respiração em busca de um relaxamento difícil de engatar, bombardeado pela dor e por *loops* de lembranças cortantes que seu pensamento produzia, voltou a atenção para os processos de sua própria existência e lá encontrou novamente o incorpóreo intruso que descobrira há pouco, enquanto caminhava para casa.

Estava claro que aquela energia não era parte rotineira do seu corpo mental e espiritual. Era uma entidade alheia que havia se aninhado ali e que se debatia frustrada furiosa, como se vomitasse sangue em febre de peste negra. A paz da compreensão foi se instalando e o relaxamento chegando enquanto ele percebia inequivocamente que descobrira o amor.

Ele o descobria, infelizmente, doente e morrendo – mas mesmo em meio ao sofrimento que a morte do amor nos causa, o grande sábio, lá no fundo, teve um lampejo de alegria por finalmente ter-se encontrado pessoalmente com aquela entidade mitológica tão lendária que sequer ele mesmo, ALQUIMISTA, imaginava existir de verdade.

Mais tarde, refletiria profundamente sobre a descoberta e só encontraria pontos positivos. Descobrir o amor, para ele, era como reaprender medicina. Trazia a alegria e a humildade que vêm com o desvendar de segredos maravilhosos, daqueles que resultam numa vida mais repleta de êxtase e possibilidades.

Agora eu preciso fazer uma interrupção pessoal aqui para destacar um ponto que só deve ser relevante para mim, mas que eu gostaria de levantar assim mesmo.

Ele sequer se incomodava por ter atravessado

séculos ignorante daquela realidade. Se fosse CO-MIGO, porra, eu tenho certeza que UMA ÚNICA LÁGRIMA escorreria de cada um dos meus olhos, várias vezes, por alguns meses.

O que eu teria feito por um século sem amor? O Paracelso, ao longo dos anos e eras que atravessava, estava sendo o Paracelso. O cara é tipo o meu Pelé. Ele não precisava do amor para envolver-se com o segredo. Quando ele dominou o amor, este (que fica maluco se passa muito tempo nadando sozinho) já caiu exatamente em seu devido lugar: era apenas mais um peixe maravilhoso no aquário.

Ainda assim, era o amor – e com Bianca foi sua primeira vez. Ele se confundia todo. Embaralhava-se. Um pateta, como todo apaixonado honesto e espontâneo. Além disso, também um homem que tropeça em complexos pensamentos confusos, como todo sábio que ama pela primeira vez.

Fumando maconha no *bean bag*, ele percebia que não poderia reconhecer os problemas reais, enquanto os confrontava, e que na sua petulância de quem fez tudo certo por séculos ele agiu mal.

Havia de fato uma barreira entre ele e Bianca. Algo que os impedia de mergulhar plena e confortavelmente naquela experiência mágica que sua união descortinava. Algo os dividia, apesar da ponte.

"É claro!", ele concluíra inflamado de delírio, "eu não sou mais um ser humano! Como poderíamos nos unir na profundidade magnífica que esse abismo nos sugere, quando as nossas condições são tão assimétricas e incompletas?"

Abandonara a divindade como um tapado que joga seu único pão ao mar na esperança de que os deuses lhe recompensem com um jantar.

Os resultados foram frustrantes, mas ao invés de reconhecer o erro, tentara explicar o fracasso com "não é o bastante..."

Não bastava tornar-se homem de novo. Ainda faltava alguma coisa. Pateta e perdido entre o amor e as novidades do mundo pós-moderno, tentou explicar tudo com a psicologia apressada dos programas de tv: era o sexo.

Ele sentia que ela se afastava e parecia querer atirar-se em algum outro homem. Aqueles ciúmes constantes que o atravessavam sem que ele intencionalmente os alimentasse. Aqueles pressentimentos horríveis que, como balas perdidas, acertavam sua percepção de místico habituada a encontrar sinais em tudo. Qual a explicação? Com a cabeça perfeitamente embaralhada, ele concluía que ela queria MAIS SEXO para aprofundar-se no relacionamento. É *lógico*! Apesar de ter voltado à carne, ele permanecia incapaz de algo tão vulgar e instintivo quanto o tesão desenfreado que os relacionamentos atuais exigiam para serem completos. Eles chegavam a ser realmente completos, entre os jovens?

As suas prazerosas sensações eróticas se desenvolviam impregnadas demais de realidade; de novidade objetiva. Tátil contemplação. O velho encontrava satisfação na própria realidade. Um papai -e-mamãe com a mulher amada já era uma experiência transcendental para sua mente treinada.

Sua foda não chegava àquela coisa animal, selvagem e incontrolável de quem transa imaginando orgias fabulosas. De quem cresceu assistindo a todo tipo de perversão pela Internet e se entedia muito rapidamente com a própria inspeção desatenta da verdade, cegamente avançando faminto de exagero em exagero.

Naufragando no mar alto da paixão, ele tentou envenenar-se. Dera no que deu... Através da raiva, afinal, conseguira chegar ao exagero descendente da carne que queima, insaciável, que falhara em alcançar na cama.

A frustrante conquista veio no derradeiro fim de suas relações, antes de fumar em fúria a passos largos na direção de casa, enquanto ainda esbofeteava Bianca e o "primo" dela com um vigor que há muito não empregava sequer no laboratório, sobre a bigorna.

Como a rã, deixara-se cozinhar na panela de água progressivamente mais quente. Da perfeita piscina de jade que era sua mente, descera à crápula e à vilania. Agira como um bronco. Um Bolsonaro. Um brucutu.

O amor era, de fato, incrivelmente poderoso. Agora, com olhos vermelhos no *bean gab*, ele podia olhar para o amor na cara – como há séculos tinha aprendido a reconhecer o rosto da morte que o acompanhava, e que eventualmente aprendera a cavalgar.

Já não seria mais possível cavalgar aquele amor. Ele o segurava no colo, olhava dentro de seus olhos e sentia vontade de chorar, porque o amor era uma criança e aquela estava morrendo em meio à tremedeira da loucura.

O amor não estava num amante nem no outro, ele acabava de descobrir. Era uma terceira entidade independente, como se fosse um filho sobrenatural que tivesse nascido na união dos dois. Uma terceira entidade incorpórea, que poderia levar seus pais ao paraíso ou ao inferno – uma criança que podia tudo.

Não dispense o amor como um "sentimento" apenas porque você o sente sem vê-lo. Os ímãs já funcionavam antes que acreditássemos neles. Nós não podemos ver as forças que determinam o magnetismo, porque percebemos uma fatia bem estreita do infinito existente. Em outras palavras, a maior parte do mundo é invisível para nós, como as estrelas durante o dia. Quer nós reconheçamos ou não essa infinidade de objetos invisíveis, eles continuam a existir e a nos influenciar.

O amor é uma dessas entidades invisíveis. Ele surge quando as condições são propícias (nem sempre programado) e dá as mãos às almas igualmente invisíveis de cada amante. Com os dedos entrelaçados, ele transporta sua "família" para um universo paralelo que só existe para os três. O que um membro da família fizesse ao outro, influenciaria a dinâmica de todo o lar.

Com os olhos babados e baba de fato escorrendo espessa da boca enquanto tossia e o corpo tremia o mundo fez novamente sentido e os *loops* se libertaram em discos inteiros. Concertos e consertos. Labirintos decifrados.

Agora o mago repassava gestos, reações e palavras incompreensíveis como se fossem óbvios. Aquela dúvida dilacerante à qual ele se agarrava (se ela o amava ou não) estava fora de lugar e o desgastara à toa.

A boa vontade, a honestidade, o interesse e a fome são coisas que habitam isoladamente a cada um de nós e cabe perguntar se estão ou não estão no outro. Com o amor era diferente.

Aquele amor que ele aprendia a identificar agora – diferente do mero interesse, ou do tesão – não poderia existir isolado em uma só pessoa. O amor era uma terceira entidade que surgia entre duas pessoas e o verdadeiro problema é que cada uma delas poderia reagir a ele de formas variadas; como reagiriam a um desconhecido que chegasse de Marte.

O amor não era uma *intenção*, nem um acordo, mas uma orquídea que nascia num encontrar de galhos propícios. Invadido por aquela nova experiência mágica e incompreensível, ele queimava por saber se Bianca estava exposta à mesma força e planejava mil experimentos infrutíferos – porque depois de identificar que ele próprio amava, a verdadeira pergunta deveria ser: "Como Bianca reage ao amor?"

O amor é como um filho, que nasce quer você queira ou não, quando a gosminha que não vemos cobre um ovo que não podemos enxergar. Você pode abraçar esse filho e protegê-lo, como pode queimar as solas dos pés dele com cigarro, quando ninguém está olhando, para mais tarde desfilar lá fora com camisetas divertidas cujas estampas dizem "Pais do ano". Nesse último caso, apesar das aparências, a criança vai se desenvolver pervertida e o pai inocente se descobrirá numa família pervertida sem nunca entender por quê.

Independente das suas preferências e apetites sexuais, Bianca já estava afundada no amor até o pescoço. O problema é que, para ela, o amor se mostrava como um ameaçador inconveniente. Ela amputava o braço da criança que se agarrava a ela e lhe fechava a porta na cara. Essa criança, machucada e revoltosa, buscava abrigo integral no peito que ainda a recebia.

Caso os dois amantes amputassem um braço de cada lado, a criança ficaria perdida no meio – sem ter para onde ir – e bateria desesperadamente à porta dos dois carrascos. Se nenhum dos dois a deixasse entrar, ela morreria rapidamente. Mas é muito difícil recusar prolongadamente os assédios desse moleque. Alguém sempre o deixa entrar, das primeiras vezes (embora pouquíssimos aprendam a não lhe agredir mais). Geralmente os dois acabam cedendo. E ali está uma criança mutilada, regenerando braços.

Eventualmente, todo mundo morre. Essa criança também morre, de uma forma ou de outra, ainda que ela possa renascer, como qualquer casal também pode continuar tendo filhos. Mas a vida dessa criança, a sua personalidade e a sua saúde seriam necessariamente marcadas pela forma com a qual seus pais a tratavam.

Era isso que o mago pensava agora, enquanto começava um manual de instruções pessoal e experimental para o bom amor. Ele estava sofrendo e toda aquela promessa de alegria infinita havia se transformado em merda – num processo inverso ao que ele apreciava, de transformar a merda em ouro. Mas o sofrimento não era fruto de seu próprio comportamento, supostamente equivocado. Ele agira bem. Ele abrigara o amor e se esforçara por ele. O problema é que o outro elemento da fórmula era inadequado para a magia. Bianca não queria amar. Ele tentava fazer uma solução com um punhado de água que decidira ser gelo. Os tubos de ensaio explodiram.

Paracelso tinha poucas oportunidades de se surpreender e pressentira naquela novidade o que ela era de fato: um prêmio. Bianca sentia tamanha carência de controle, no balançar descontrolado que sentia ser a própria vida, que o improvável infinito aberto à sua frente lhe causava repulsa. Medo.

O medo: transformando em monstro um filho que sequer faz cocô, vomita, ou estraga computadores!

Em boas condições materiais, mentais e emocionais, quem já se arrependeu de ter um filho?

Quanto dinheiro custa amar?

Que um imbecil corte o dedo num bisturi não levanta nenhuma sombra real de argumento contra a medicina.

Olha só, eu estou cansado de escrever – mas a mídia não vai mostrar. Hollywood não vai filmar. Transformar amor em natal dá muito mais dinheiro e atinge um público vasto. Então eu vou continuar, mas já estou cansado e espero que você também seja capaz de pensar por conta própria. Não espere que eu te explique tudo detalhadamente. Por uma coisa, saiba mil.

Amar é uma arte; não é uma compra no shopping, nem um prêmio da loteria.

Amar é saber cultivar o amor – este sim, para quem não aprendeu ainda conscientemente a cultivá-lo, um prêmio de loteria.

Amor e amar são duas coisas diferentes; não é emboleira inconsequente exagero intensidade insuportável bling-bling yeah-yeah. Não é lâmpada mágica. Não é o Pata Rachada propondo contratos. Não é algo terrível.

Terrível é um câncer. Um bisturi é magnífico, ainda que uma pessoa normal vá se cortar nas primeiras tentativas de realizar uma operação em conjunto com um outro cirurgião novato (em TODAS as tentativas, quando quem segura o bisturi está drogado e com os olhos vendados, acreditando que está surfando sobre gelatina purpurinada num dos anéis de Saturno).

Crie um dragão preso na coleira, com fome. De vez em quando passe e mije na cara dele. O que você espera?

Crie um dragão como se fosse um BICHANO, todo mimadinho num mundo cercado por falsos arco-íris – em que merda isso vai dar?

Não invente na sua cabeça o que é um dragão. Se um dia você topar com ele, experimente. Olhe bem pros olhos dele e acompanhe os movimentos daquele corpo, porque o filho da puta morde, mas também voa. Você pode cavalgá-lo e apresentar-se às alturas e cuspir fogo nas montanhas, mas você precisa descer pro mundo real, abandonando sua

nuvem de fantasia, e prestar atenção. Tentar conscientemente. Aprender.

Bianca nunca tinha pensado sobre nada disso.
Não se enquadrava um centavo no que ela procurava tirar da vida. Suas primeiras experiências eróticas foram banais e, por ser bonita, foi muito requi-
sitada enquanto estava disponível. Ela gostava de
sexo, mas era só um joguinho. Um RPG onde você
coleta itens e evolui seu personagem. Era isso com
jogar tênis.

Ela também poderia ter passado a vida inteira
nessa besteira, ignorante, mas entre ela e Paracelso o amor nascera espontaneamente. Complexo e
poderoso – irregular e imprevisto – ela o enxergou
como um super bandido mascarado. Era um bug em
seu joguinho. Algo que ela não conseguia imobilizar
e dominar. Algo intenso e exigente. Prenhe de amea-
ças. Uma fase da qual não conseguia passar, num
videogame que a perseguia e impossibilitava de des-
conectar-se ao sabor do capricho.

Bianca tinha uma quadra demarcada no chão
do infinito e só queria brincar ali dentro, onde sentia-se rainha. Como a favelada orgulhosa jogando
fora o ouro descoberto obstruindo a placa de latão
que dava distinção ao seu barraco, Bianca rechaça-
va o amor, que por causa dos braços constantemente amputados ia crescendo doente.

O amor buscava refúgio no peito do mago, que
sofria aparentemente sem motivo, por não perceber
que era uma criança (na qual ele não acreditava
ainda) que sangrava e matava passarinhos com gi-
lete num quarto escuro no interior de sua sensibilidade. E a cada vez que Bianca abria as portas para

o amor, este último estava um pouco mais doente e havia ainda mais razões para fugir.

A guria já vinha pulando de galho em galho e tocava fogo a qualquer árvore que parecesse confortável demais. Tinha medo de quedar-se. Medo de apegar-se; de sofrer. E aquele amor chegara como se a Lua caísse do nada. Assustada, no castelo ela enxergava jaula. Transformara tudo em merda.

Bianca não estava pronta para o amor. Fosse ela uma covarde puro-sangue, teria evitado os problemas do voo ao se manter no chão – como freira, ou frígida. Mas aquela ali tinha coragem de voar, apesar da tremedeira. Então quando o ar a empurrava muito para cima, tragicamente, suas asas fraquejavam e, dominada pelo vertigo, ela precisava cair.

Ela era muito linda, você percebe? Não é muito mais linda e comovente a coragem quando surge nos esforços de um covarde? Ela era muito linda, mas se quisesse amar precisaria mudar. O alquimista sabia que a única coisa realmente impossível de transformar controladamente são os outros, de forma que reconheceu a própria impotência e, apesar do rancor ainda muito recente para arrancar, comoveu-se pela garota.

Eu aqui de novo para comentar uma contradição com a qual aquele mago egoísta não se ocupou. A motivação de Bianca era perfeitamente justa e razoável – à luz da sabedoria que ela própria possuía. Era apenas ignorante e, inclusive, irônica.

Bianca tinha um enorme coração. Um coração sente e um coração enorme enormemente sente; natural sentirmos o impulso de protegê-lo.

Mas como você protege uma criança gorda? Já notou a ironia?

Você está realmente protegendo uma criança quando a obriga a isolar-se em casa, inatingível? Ou essa reclusão é uma fonte imensa de futuros perigos, transformando o leve em pesado para quem nunca pegou peso?

Pegar pesado não é necessário para as grandes conquistas e para experimentar o melhor que a vida tem a oferecer?

Ela tinha um coração lindo e gigantesco, que através da covardia tentava proteger. Mas, ao exclui-lo do contato direto com o mundo, por ironia, ela o atrofiava.

O coração é um músculo. Escondendo o seu na gaveta, mas insistindo em ter romances, ela acostumava-se à vida emocional que tocava apenas no que guardava de mais baixo.

Manufaturava orgasmos. Subtraía riscos. Calculava pirocas, Colecionava carinhas. Degradava-se, precisamente, na pura fonte que pretendia proteger e, como não doía, acreditava estar vencendo.

Outra ironia que o velho ignorou foi que o medo de conhecer o incontrolável era exatamente o que havia lançado Bianca naquele amor espontâneo que brotara entre os dois, uma vez que ele mesmo era apenas um novo galho velho para o qual ela pulara apressada, fugindo de outro lugar.

Pop-up mental: *"Claro que eu amo meu semelhante, mas onde encontrar o meu semelhante?"*

Ah, esse velho se agoniava sentindo-se por demais isolado, mas a todos ele era semelhante o bastante, sem saber. Porque neste exato momento todo o raciocínio que ele vinha enfileirando como se fossem tijolos tremeram e despencaram no breu. Foram queimados por novas imagens de olhares e cheiro de cabelos. Aquela bocetinha gozando na mão dele, no pau dele, sobre sua cara. Aquele gemidinho que ela dava quando ele colocava no cu. O velho, indefeso, fervia.

Durante as últimas semanas – consumido pelas frustração, pela esperança e pelo ciúme – sua rotina de pesquisas impressionantes e pensamentos divinos havia sido gradualmente substituída por pesquisas como "hackear senha facebook" e pela alternância anavalhada de inflamadas pétalas bem-me-quer/mal-me-quer.

Encontrar-se hipnotizado e impotente frente às forças do desejo é o tipo de coisa que qualquer moleque num shopping chama de "rolou isso hoje comigo", mas para Paracelso aquilo era insuportável. Era inconcebível. Era levantar-se da cama uma barata.

No brilho do anel, Camila compreendeu o universo do velho e entristeceu-se por compará-lo ao mundo em que ela e a maioria viviam, onde sequer os heróis de filmes de ação representam modelos de seres humanos admiráveis, mas são apenas gentalha com armas e superpoderes.

As pessoas vivem uma fantasia, sempre evitando ou distorcendo a realidade imediata para encaixá-la no roteiro imaginário com o qual se identificavam primariamente. Não era ao menos uma fantasia inteligente.

No seu próprio mundo, Camila intimamente constatava, até os velhos tinham alma de criança; obcecados com o conforto, com distrações ociosas que evadiam esforços corajosos e, em especial, com o gosto de bala na boca.

Fugir da morte, por exemplo, era um esporte internacional. Viver como imortais, em fantasia. Viver em forçada contradição com a realidade.

Em mim é natural imaginar um pentelho que se levanta frente a qualquer crítica para dizer: "E qual o problema com isso?" Estou imaginando esse pentelho agora, mas ainda me parece desnecessário explicar qual é exatamente o problema de levar uma vida que contraria a verdade e que, consequentemente, será contrariada por ela.

Putz... Quem gosta de ser contrariado?

Quem poderia verdadeiramente viver em paz dentro de uma bolha, quando de tempos em tempos há um galho de árvore para estourá-la? Não seria melhor estourar a bolha inicialmente, aceitando o começar do zero – numa nova vida em que o próprio fluxo do universo te carrega no colo – ao invés de organizar-se para impor resistência contra o mundo?

Mas quem acredita, de verdade, que vai morrer? Quem experimenta, ao pensar na morte, o calafrio real e prático de quem nada na piscina com um tubarão?

Falar sobre a morte, ou até pensar sobre ela, é tabu.

É preciso entender que nesse nosso mundo imaginário de fantasia dualista, a cada tchans corresponde um tchuns. Assim, não existiria a noção de grande sem a ideia de pequeno. Para haver uma ideia de bem, é necessária uma antagônica figura do mal que nos explique a diferença entre um e outro. Uma única partícula no vácuo infinito jamais poderia dar qualquer impressão de movimento. É no dualismo de dois objetos relacionados entre si que o nosso raciocínio compreende e manipula seus objetos conceituais. Então é natural que, ao raciocinar sobre a própria vida, imaginemos que a única alternativa a fugir da morte seja afligir-se com ela. Mas o universo não funciona como a nossa interpretação dele. O universo vive contradizendo os nossos dualismos com áreas cinzentas e pontos do lado de fora dos gráficos. Em outras dimensões. Pode-se escapar da morte encarando-a de frente.

Só pode escapar da morte quem familiarizou-se ao desapego inspirado pela sabedoria. Escondido entre as folhas, Tsunetomo aconselhava incontáveis mortes, com a mente tranquila meditando ser despedaçado por flechas, alvejado por rifles, atravessado por lanças, perfurado por espadas, carregado por ondas agressivas, atirado ao fogo, fulminado por um raio, sacudido à tumba por grandes terremotos, caindo de um penhasco, acometido por doenças, cometendo harakiri e interrompido em seus planos e pretensões mais imediatos e queridos. Dia, após dia, após dia... Até que a verdade atravesse a gosma de fantasia criada pelo medo.

Para o velho que Camila desvendava, reconhecer a mudança constante que é a única verdade absoluta do universo e relacioná-la à própria morte constituía o verdadeiro conhecimento que liberta e transforma um homem num sábio.

Pela natureza dualística do nosso raciocínio, pensar na morte leva a uma consequente reflexão sobre a vida. Não existe "fim" de verdade no universo real. "Fim" é só um *checkpoint* arbitrário (escolhido pelo capricho de alguém) no fluxo constante de transformações que são o tecido da própria existência.

Se nada permanece, em primeiro lugar, como algo poderia ter fim? Se tivéssemos o olhar mais aguçado, dizia o Seu Madruga alemão, veríamos tudo em movimento. Tudo eternamente se transforma e nós morremos a cada instante. É a ideia de "eu" que resiste e artificialmente permanece, como a ideia de um triângulo retângulo também se mantém constante.

Para quem vive o agora, em desapego, não ocorrem pensamentos alheios à farta, extravagante e ininterrupta sucessão do tudojuntoaomesmotempoagora.

Quando ele está com fome, ele come. Quando ele está com sono, ele vai dormir. Você percebe? Se o corpo esquenta, ele pula na piscina – e não há nada entre o Sol e a piscina. Os cachorros são grandes mestres. Eles praticam algo que perdemos e cujas potencialidades são mais incríveis em nós. Perceba como os cachorros estão ocupados no agora e não se inquietam pelo que não é.

Quando a morte vier, será apenas mais um mergulho. Um novo agora a conhecer e então, quem sabe, nada.

Já não foi bastante o tanto?

Não fosse isso e era menos.

Em um outro universo, que funcionasse de forma diversa, talvez houvesse sabedoria em viver de qualquer outra forma. Mas aqui a gente morre e é preciso considerar essa verdade enquanto vivemos.

Bianca não pensava na morte. Tivera oportunidade de amar, mas não possuía as inclinações pertinentes. Paracelso queria amar de novo e queria que fosse com ela, mas não podia transformá-la. Seria preciso amar outra pessoa; encontrar quem tivesse a inclinação, na falta de oportunidades.

Depois de decidir o que fazer sobre o amor a longo prazo, restava agora decidir o que fazer com *aquele* amor que ainda o habitava. Ele vinha adiando aquela decisão, porque no fundo ele já sabia a resposta e aquilo doía demais.

Uma criança. Seria eufemismo dizer que o velho amava essa criança: ela era o próprio amor. E agora deus (o destino, o acaso, o aleatório: o único deus de verdade, cujos caprichos não poderíamos negar) exigia que ele sacrificasse a criança, porque sua mãe a envenenara quando sentia medo e achava que ninguém estava olhando. A criança ardia em febre, chorava, contorcia-se e gritava delírios. Era preciso matá-la.

Paracelso sufocou o amor com incorpóreas mãos e chorou acabado até que o anjinho diabólico dentro de si parasse de tremer.

Não é mais triste e efetivamente trágica aquela tragédia que poderia ser evitada pelo conhecimento?

Caso aquela imbecil que ele amava tanto tivesse gasto tempo suficiente conhecendo a si mesma, não seria justo sonhar que aquela criança poderia ainda ter se tornado, um dia, presidente do país?

Será mesmo tão difícil acreditar que nós temos o poder de elevar o amor ao pináculo do desejo; à ambição máxima da vida romântica? Ou o ser humano vai para sempre perder tempo com o medo e com a fantasia de que estamos construindo uma vida estável e duradoura – buscando sempre GANHAR e ACUMULAR – num mundo em constante e inexorável transformação?

Fumou vários baseados e apagou, exausto.

No dia seguinte, acordou tarde e saiu para passear. Sentia-se relativamente bem, apesar de imaginar que ainda estava longe de um novo sorriso. Apenas contemplava o mundo e este lhe parecia bom. O amor à natureza é cordial. O amor desinfeto e desinteressado. Ademais, um par de bolachas bem desenvolvidas são fórmula milenar para acalmar o fogo do espírito.

Camila viu o velho surpreender-se com um novo sorriso, muito antes do que ele poderia imaginar, ao entrar no café em busca apenas de comida e encontrar uma garota vestida de preto, com um livro nas mãos – o mesmo livro ranzinza que ele havia relido há exatos treze dias. Que coincidência!

No instante que durou o brilho do anel, Camila viu o homem se afastar – após a conversa que tiveram – e voltar para casa, onde sentou-se para ler um dos tomos mais antigos.

Nota mental: "Comprar peças novas para o laboratório."

Ela viu ainda, para além do tempo presente, o

alquimista estudar pacientemente e, entre milhares e milhares de novas destilações, voltar à vida de deus. Um novo deus, que aprendera a amar. Um agricultor de orquídeas exóticas. Pai satisfeito e orgulhoso de inumeráveis filhos magníficos.

Depois da estranha experiência que acabamos de descrever, Camila dormiu exausta e, a partir do dia seguinte – como fiz questão de deixar bem claro logo no início deste conto – a vida dela já não interessa mais para o contar de nossa história.

Só pra você ter uma ideia, dias mais tarde, quando a rapariga leu a frase "A tristeza do mundo atinge as criaturas como pode, mas atingi-las parece conseguir quase sempre," no livro do Céline, aquilo não despertou nela qualquer lembrança carinhosa, ou reflexão especial.

Havia se esquecido de tudo sobre o alquimista e o anel se transformara em mais uma de suas tantas bugigangas de garotinha, abandonado em alguma de suas tantas gavetas.

Eu estou com ela. Também me despeço e deixo de ser relevante.

Quem daria dois cuspes por um anel? Ela queria conhecer a si própria, enquanto tinha tempo, para além da tinta com a qual lhe pintaram os sentidos. Queria voar sem medo e viver um sonho. Encher o peito de flores. Ser feliz. Amar.

Sobre o autor:

Daniel Abreu de Queiroz é feio, bobo e mora longe.

Índice: